Die Schöne & das Biest

Rolf Giesen

Die Schöne & das Biest

BSV

Die Deutsche Bibliothek – CIP-Einheitsaufnahme
Die Schöne und das Biest / Rolf Giesen.
1. Auflage – Nürnberg: Burgschmiet Verlag / 1998
ISBN 3-932234-20-0

ISBN 3-932234-20-0

Covergestaltung: Susanne Gebert
Redaktion und Lektorat: Gudula Jungeblodt
Lizensiert durch CTM Merchandising.

Printed in Germany

Roman aus der MGM Library

nach dem weltberühmten Märchen von
Madame de Villeneuve
und einem Original-Drehbuch von
Carole Lucia Satrina

mit einer
Materialsammlung und Dokumentation
zur Entstehungsgeschichte
des Märchens und der Filme

Das in dieses Manuskript aufgenommene Grimmsche Märchen "Der Froschkönig" oder "Der eiserne Heinrich" wird weitgehend in der Textfassung von 1812 wiedergegeben, "Das singende springende Löweneckerchen" sowie "Der Bärenhäuter" basieren in großen Teilen auf der Textfassung von 1819. Weitere Zitate aus der Cantate "Pygmalion" von Karl Wilhelm Ramler und dem Gedicht "Der Loup Garou" von Annette von Droste-Hülshoff.

Dieses Märchen ist all jenen gewidmet,
die sich noch kindliche Frische bewahrt haben,
und denen,
die des sogenannten wirklichen Lebens müde sind.

[Jean Cocteau]

Inhalt

Sogar ein Mann mit reinstem Geblüt,
Der Gebete sagt jede Nacht,
Kann zum Wolf werden,
Wenn die Wolfsblume blüht
Unter des Mondes goldener Pracht.

[Curt Siodmak]

DIE SCHÖNE KAUFMANNSTOCHTER

Es war einmal … So sollte, wie es Märchen gewöhnlich tun, auch diese Geschichte beginnen, aber … Aber was? Das Wörtchen "war", das alles in eine ferne Vergangenheit rückt, sollte uns nicht täuschen. Denn die Fabel von der Schönheit und dem Ungeheuer, das ihr erliegt, die Fabel von der Zähmung und Erlösung eines ungestümen, wilden, animalischen Mannes durch ein attraktives weibliches Wesen, das mit dieser Tat zur Frau wird, vollzieht sich jeden Tag aufs neue und wird auch in der Zukunft nichts von ihrer Aktualität verlieren. Sie ist fast so alt wie die Menschheit, und ihre Wahrheit und ihr Charme werden nie erlöschen. Nur weil man es so gerne sieht, daß Märchen eine anheimelnde, großmütterliche Atmosphäre verströmen, die sich leicht zu Weihnachten und anderen Festen zwischen Kakao und duftendem Kaffee verbreiten läßt, haben wir uns entschieden, auch unseres in der Vergangenheit anzusiedeln.

Es begab sich also zu einer Zeit, als die Menschen schon fast verlernt hatten, an Wunder und Märchen zu glauben, weil sie nur noch nach materiellen Gütern strebten, da wohnte inmitten einer fröhlichen, sorglosen Ortschaft ein wohlhabender Kaufmann, der mit seinen Geschäften großes Glück gehabt hatte. Er importierte eine Vielzahl begehrter Güter aus fernen Ländern. Er hatte Neider. Welcher erfolgreich im Berufsleben stehende Mensch hätte sie nicht? Manchmal kann Neid, der sich über viele Jahre anstaut, erdrückend sein, weil er als geballte negative Kraft auftritt. Der Kaufmann jedoch achtete nicht darauf, denn er hatte seine Familie und die war sein ganzes Glück. Drei Töchter und drei Söhne hatte er, das Verhältnis der Geschlechter also war gerecht verteilt, und da er ein kluger Mann war, hatte er sie von den besten Lehrern, die zur Verfügung standen, unterrichten lassen, auf daß selbstbewußte, geistreiche Erdenbürger aus seinen Kindern würden, fähig, im Handel ebenso gewandt zu agieren wie auf kulturellem Parkett. Doch leider erfüllten sich seine Hoffnungen nicht in bezug auf alle Kinder.

Obwohl man Kaufleuten doch eher einen nüchtern-prosaischen und nicht einen poetisch-verträumten Stil unterstellen mag, hatte sich dieser Kaufmann ein Haus bauen lassen, das mit der Regel brach und das, weil er zu den wenigen gehörte, die sich noch den Sinn fürs Märchenhafte im Herzen bewahrt hatten, wie eine feine Illustration zu einem wertvollen Bilderbuch wirkte. Das war kein statischer Klotz, der den Zeitläuften wie ein betonierter Banktresor trotzte, das war Architektur gewordene Musik. Alles war irgendwie schief, im besten Sinne windschief, schräg und unproportioniert, aber in einer Weise, an der man sich erfreuen konnte, ein gemütvoller Protest gegen alles Herkömmliche. Man konnte sich gar nicht satt sehen an dem ungewöhnlichen Gebäude, und wenn die Fassade schon wunderlich wirkte, so waren es die Innenräume gleich gar. Es gab viele Türen und Treppen, die nirgendwohin und überallhin zu führen schienen und die sich kreuzten, so daß das geschäftig herumrennende

Dienstpersonal sich ständig anrempelte, was unter diesem Dach aber nie zum Streit führte, sondern stets für Witz und Heiterkeit sorgte. "In diesem Haus ist allerhand Leben", pflegten die Leute zu sagen, und die, die ihre Behausungen wie Särge eingerichtet hatten, ohne irgendeine individuelle Note, ärgerten sich und neideten dem Kaufmann auch sein Heim. Die Räume des Kaufmannshauses waren in einem lustigen Kunterbunt vollgestopft mit Figuren antiker Helden und Büsten bedeutender Komponisten, aber auch Nippsachen, Spieluhren, Porzellanfigurinen und Nymphen, die den Zweck erfüllten, mit ihren Armen aus Gips Draperien zu halten. Wer wollte, konnte sein Bild in den zahlreich herumstehenden Spiegeln bewundern, aber gleichzeitig erinnerte den Hochmütigen der dumpfe Schlag der Standuhr an die Vergänglichkeit allen Seins. Das alles hätte durchaus düster erscheinen mögen, aber die Räume waren von hellem Licht erfüllt und hinterließen beim Besucher einen fröhlichen Eindruck.

Frederick, der älteste der Söhne, stand vor der massiven Eichentür und warf einen kritischen Blick auf seine Taschenuhr. "Die Pferde sind noch immer nicht da", rief er ins Haus. "Wir werden noch zu spät zum Ball kommen, wenn es noch länger dauert." Frederick war kräftig gebaut und von ansehnlicher Statur, dazu tadellos gekleidet. Nervös rannte er ins Haus zurück. Dort erregte Oliver sein Mißfallen, der sich gar geckenhaft-auffällig gekleidet hatte und mit Daumen und Zeigefinger den flaumigen Kinnbart strich. "Du willst uns doch wohl nicht in diesem Aufzug begleiten?" tadelte Frederick.

Oliver sah müde auf: "Aber mein Gewand, das ist die

neueste Mode, lieber Bruder."

"Du siehst darin wie ein Narr aus. Es fehlt nur noch die Narrenkappe auf dem Kopf, dann kannst du dich beim Fasching tummeln."

"Jetzt werde bloß nicht pathetisch. Sieh dich doch nur selber einmal an. Wie ein Pfau siehst du aus. Findest du das etwa besser?"

"Wenigstens bin ich standesgemäß gekleidet. An meiner Kleidung wird niemand Anstoß nehmen können, wohl aber daran, daß du mein älterer Bruder bist. An deinem grellen Kostüm wird man sich unter Garantie stoßen, und das fällt dann auf uns alle zurück. Was werden die Leute nur sagen? Du machst uns heute abend zum Gespött der Gesellschaft."

"Was schert mich das dumme Gerede der Leute! Was mich viel mehr bedrückt, sind diese Schuhe hier." Er zog sein Schuhwerk aus und hielt es dem Bruder unter die Nase, der prompt mit den Augen rollte, weil es leicht käsig roch. "Der Diener hat sie nicht geputzt, und außerdem sind sie viel zu eng für meine zarten Füße. Die Schöne soll mir gefälligst saubere und vor allem bequemere Schuhe bringen, mit denen es sich auch gut tanzen läßt." Ratlos kratzte er sich mit der freien Hand in den wirren Locken und zwängte die Zungenspitze in die geräumige Lücke zwischen den Schneidezähnen.

Die Schwestern Isabelle und Bettina störte Fredericks Hektik und sein Unmut über den Bruder nicht, und für die komischen Latschen hatten sie sowieso kein Auge. Ihr Interesse galt allein ihrer persönlichen Erscheinung und nichts anderem. Sie hockten noch immer vor dem Spiegel und waren sich uneins, wie sie bei dem Ball auftreten sollten, um als Ballköniginnen dazustehen. Wie sollten sie da Augen für anderes haben und Notiz nehmen von brürderlichem Zwist? Die blonde Isabelle trug ein bezauberndes Rüschenkleid, während die brünette Bettina immer noch unschlüssig war, was sie wählen sollte. Nein, beklagte sie sich, das grüne würde sie heute nicht tragen können. Das habe sie doch letztens erst getragen, vor ein oder zwei Jahren. Isabelle hörte nicht auf ihr Wehklagen. Sie war seit einer geraumen Stunde mit einem wichtigeren Problem beschäftigt. Wo war nur ihr goldener Kamm geblieben? Sicher hatte ihn Peter, dieser Schlingel, verbummelt. Der schnüffelte immer in ihren Sachen herum und nahm sich dann dies oder das, nur um sie zu necken. Peter war erst fünfzehn, und als Isabelle in sein Zimmer rauschte, bemerkte sie, daß der Jüngste überhaupt noch nicht ans Umziehen gedacht hatte. Der Bengel hatte immer noch seine Alltagsklamotten an. Er war viel zu sehr mit seinen Zinnsoldaten beschäftigt, um jetzt an das Fest zu denken, und stellte sich vor, daß er ein hochdekorierter Kanonier sei, der mit wohlgezielten Kanonaden, die seine Lippen lautmalend begleiteten, gleich zwei feindliche Zinnheere in Schach hielt. Wütend stampfte Isabelle mit dem Fuß auf und erinnerte Peter an das Fest, aber der schien sie gar nicht zu bemerken und gab nur einen beleidigten Muhlaut von sich. Was sollte er auf dem blöden Fest, wenn er hier in aller Gemütsruhe Krieg spielen konnte? Isabelle erinnerte ihn an Gerlinde, deren Herz sich doch so für Peter erwärme, aber der stöhnte nur, als seine Schwester diesen Namen erwähnte. Gerlinde war eine blöde Ziege, deren Gesicht auch noch von Sommersprossen übersät war. Mit so einer konnte kein vernünftiger Junge Soldat spielen, nicht einmal Zinnsoldat. Isabelle sah ein, daß sie mit dem Bengel allein nicht fertig werden würde, und rief mit lauter Stimme nach Belle.

Kaum, daß sie gerufen hatte, stand die Schöne schon in der Tür. Sie trug ein bezauberndes Ballkleid und warf den beiden einen amüsierten Blick zu. Ihr reiches blondes Haar war wie Seide, und ihr Alabastergesicht lächelte entspannt und kein bißchen genervt. Die Schöne gehörte zu der Sorte Mensch, die so leicht nichts aus der Ruhe bringen kann.

"Ich will nicht mit, Schöne. Was soll ich da?" jammerte Peter. "Diese Feste sind immer so furchtbar öde und langweilig. Außerdem lauert da Gerlinde auf mich, und Gerlinde ist schrecklich."

Isabelle schüttelte ungehalten den Kopf. Die Widerspenstigkeit des kleinen Bruders machte sie zornig, und, wie gesagt, konnte sie ihren goldenen Kamm nicht finden, und auch Bettina hatte sich noch immer nicht für ein Kleid entschieden. Oliver hatte Probleme mit den Schuhen, und Frederick beobachtete den Zeiger seiner Uhr. Nur die Schöne, die jüngste der drei Schwestern, schien nichts aus der Ruhe bringen zu können. Alles nannten sie sie aus verständlichen Gründen nur die Schöne. Nur Isabelle rief sie auf französisch Belle. Isabelle und Belle - diese Kombination fand sie irgendwie lustig. "Peter", lächelte sie freundlich, "wenn du daheim bleibst, wirst du hungrig zu Bett müssen. Der Koch hat heute frei, und es nichts zu essen da, nicht ein Krumen. Aber auf dem Ball, da wird es alle nur erdenklichen Leckereien geben, mit denen du dir den Magen solange vollschlagen kannst, bis du Bauchweh bekommst. Und Gerlinde, die ignorierst du einfach, dann kann sie dir nichts." Peter machte ein nachdenkliches Gesicht. Diese Sprache verstand er. Die Schöne hatte ihn an der richtigen, an der schwachen Stelle gepackt, denn Peter war eine ausgesprochene Naschkatze. Anders konnte man es nicht nennen. Vielleicht käme, ihn zu beschreiben, noch das Wort Vielfraß in Frage. Es war klar, daß die Schöne gewonnen hatte. Jetzt galt es noch, Bettina zufriedenzustellen, die heute abend weder grün noch blau tragen wollte. Die Schöne legte den Arm auf ihre Schulter und gab ihr erst einmal recht: "Aber irgend etwas solltest du schon tragen, Bettina. Warum versuchst du es nicht mit Pfirsichgelb? Das verleiht deinem Teint eine ungewöhnlich frische Farbe."

In Bettinas Kopf begann es zu arbeiten. "Meinst du wirklich?" fragte sie nach einer Weile des Nachdenkens.

Die Schöne nickte eifrig, und Bettina war zufrieden.

Sodann schüttelte Belle Isabelles goldenen Kamm aus dem Kopfkissen ihres Bettes.

"Oh, Belle", murmelte Isabelle kleinlaut. "Was sollten wir nur ohne dich tun? Ohne einen dienstbaren Geist, der alle Probleme im Handumdrehen löst."

"Ja", hänselte Bettina, "was sollten wir nur ohne dich tun, Schöne?"

Die Schöne warf die Arme in die Luft: "Die Frage ist: Was sollte ich nur ohne euch anfangen? Ich müßte jahraus, jahrein mit mir selbst verbringen. Und das wäre doch eintönig. Wahrscheinlich würde ich den lieben langen Tag unschlüssig vor dem Spiegel stehen genauso wie ihr. Ich käme mir richtig nutzlos vor. Ihr gehört in mein Leben, und ich bin froh, wenn ihr mich ruft, damit ich euch nach besten Kräften unterstützen kann. Manchmal stelle ich mir vor, ich wäre so etwas wie der

Geist aus der Wunderlampe." Ein überlegenes Lächeln huschte über ihr makelloses Antlitz, und die anderen wußten nicht, ob das am Ende nicht Ironie war, aber sie waren, wie gesagt, nur mit sich selbst beschäftigt, um das zu ergründen. Ohne Frage war die Schöne die perfekte Schwester, die einzige, die durch das Labyrinth des alltäglich angehäuften Chaos in der Kaufmannsfamilie hindurchfand, und das ohne zu murren (!), eine selbstlose Person und wackere Optimistin, die beständig nichts als gute Laune und Frohsinn verbreitete. Nachdem sie Oliver neue, hochmodische Schuhe gebracht und dafür gesorgt hatte, daß angespannt wurde, verfinsterte sich ihr Gesicht für einen Augenblick. Denn inzwischen war Vater heimgekehrt, und er machte ein bedrücktes Gesicht. Seine sonst so lebhaft forschenden, freundlich nachdenklichen Augen waren matt und glanzlos, und das sonst erhobene Haupt des stattlichen Mannes war wie ein geschrumpfter Ballon in die Schultern gesunken.

"Was hast du, Vater?" fragte die Schöne und versuchte den alten Mann aufzumuntern, der in ihrem Herzen den ersten Platz einnahm und dessentwegen sie sogar die Bande ihrer selbstsüchtigen Geschwister ertrug. "Was für eine Laus ist dir über die Leber gelaufen?" Fast hätte sie sich auf die Zunge gebissen, aber als ihr auffiel, wie unpassend und ungeschickt diese leicht hingeworfene Bemerkung war, war sie schon heraus.

"Nichts ist los, Schöne", antwortete der Vater, aber es kam ihm holprig wie eine Notlüge über die Lippen. "Wie kann ich behaupten, daß etwas nicht in Ordnung sei? Schließlich will ich dir und deinen Geschwistern nicht die Freude am Ball verderben."

Die anderen Geschwister ließen sich denn auch nicht von des Vaters sorgenvoller Miene beruhigen und verließen das Foyer in gehobener Feststimmung.

Nur die Schöne blieb noch und mochte sich nicht verscheuchen lassen. Ihre Hände faßten die kraftlos hängenden Arme des Vaters: "Vater, ich sehe es dir doch an der Nasenspitze an, daß etwas nicht stimmt. Ich spüre schreckliches Unheil."

"Es ist nichts, Schöne." Er stöhnte und sah auf den Boden, als wolle er darin versinken. "Nur - nur ein Handelsschiff, dessen Schicksal ungewiß ist."

"Ein Schiff - verschollen? Wie furchtbar für die Menschen, für den Kapitän und seine Besatzung! Und du - hattest du reiche Ware an Bord?"

Vater erwiderte nichts, aber sein Schweigen war Antwort genug. Das Schiff hatte ein wahres Vermögen geladen, Edelmetalle, Tuche und Spezereien, genug, bei Verlust sein Geschäft zu ruinieren.

"Möchtest du, daß ich bei dir bleibe und dir in deinem Kummer Gesellschaft leiste?" hauchte die Schöne und preßte ihren Kopf an Vaters Brust. "Eine so betrübliche Nachricht kann kein Mensch allein in seinem Herzen verkraften. Nichts ist schlimmer als die Ungewißheit, aber du mußt daran denken, daß die Hoffnung niemals ein Ende hat. Auch wenn die Wolken noch so dicht sind, er ist trotzdem da, der Silberstreifen am Horizont."

"Wo bleibst du denn nur, Schöne?" riefen die anderen, die schon in der Kutsche Platz genommen hatten und keinen Sinn für Vaters Nöte hatten, ungeduldig. "Wir müssen los. Sonst kommen wir zu spät."

"Nicht, daß mir die anderen alles vor der Nasse wegfressen!" maulte Peter.

Die Schöne hörte nicht auf sie, achtete nicht auf ihr

Gezeter.

"Deine Worte sind mir großer Trost, meine Schöne, du bist eine gute Tochter, die beste, die sich ein Vater wünschen kann. Aber jetzt geh nur und sei unbesorgt. Du darfst deine Geschwister nicht warten lassen. Sie wollen auch etwas von dir haben."

Die Schöne küßte ihren Vater zum Abschied auf die Stirn und folgte den anderen. Aber sie tat es schweren Herzens. Niemanden sonst liebte sie so sehr wie ihren Vater, und so empfand sie genau wie er. All seine guten Seiten hatte sie übernommen, seine Umsicht und seine Güte, und konnte sich nicht vorstellen, ihre Tage mit einem anderen Mann zu verbringen. Sie waren ein Herz und eine Seele, teilten Freude und Leid, und jetzt war eben das Leid an der Reihe. Während der Fahrt konnte sie an nichts anderes denken als an den Kummer des heiß geliebten Vaters.

Es wurde ein ausgelassener Abend für die Geschwister. Frederick trank etwas über seine Verhältnisse, und er mußte aufpassen, daß sich in seine Konversation kein Rülpser einschlich. Oliver hüpfte wie ein Balletttänzer von einer Dame zur anderen und teilte Komplimente wie Blumen aus. Peter schlug sich den Bauch am Büffet voll. Isabelle fand einen neuen Galan, mit dem sie den ganzen Abend im Tanze verbrachte, und Bettina gefiel sich in der Rolle der Unnahbaren, die eine Menge Körbe an die Männerwelt verteilte. Sie war es gewohnt, mit den Kerlen zu spielen. Mochten sie sich wie Motten die Flügel am Licht versengen, dafür, so sagte sie sich, konnte sie nichts. Unnahbar verhielt sich auch die Schöne, aber aus einem anderen Grund. Sie hatte eine Mauer aus Eis um sich herum aufgebaut, deren unüberwindliche Höhe alle Männer, die unermüdlich begierige Blicke auf sie warfen, wie von selbst abschreckte. Niemand wagte es, das bezaubernde Mädchen in seiner verhaltenen Trauer anzusprechen, obwohl ihre Schönheit die aller anderen Mädchen auf dem Ball überstrahlte.

Auch in der Nacht, als sie wieder daheim waren, vermochte die Schöne kein Auge zuzutun. Unruhig wälzte sie sich in den Kissen, aber kein Schlaf wollte sich einstellen, um ihr wenigstens für ein paar Stunden die ersehnte Erlösung zu bringen. Im Halbdämmer sah sie immer nur das Gesicht des geliebten Vaters vor sich. Was hatte er nach dem Tod der Mutter gelitten. Jäh und unerwartet war die lebensfrohe, kluge Frau aus ihrem Leben gerissen worden, und so hatte Vater all die Liebe, die davor seiner Gemahlin gehört hatte, nun seiner Lieblingstochter geschenkt. Damals hatte die Schöne, dankbar gerührt, gelobt, ihren Vater nie mehr im Stich zu lassen. Kam ein Freier ins Haus, der nach ihr schielte und gar zu gerne um ihre Hand angehalten hätte, so schickte sie ihn stets fort oder überließ ihn einer der beiden Schwestern, indem sie vorgab, sie sei noch zu jung für die Ehe und außerdem unentbehrlich im väterlichen Hause.

Beim Frühstück am nächsten Morgen erzählten die Geschwister, noch ganz außer Atem vor Begeisterung über das gestern Erlebte, von dem schönen Ball. Wäre Bettina zu Hause geblieben, sie hätte übrigens vier weitere Verehrer treffen können, die nacheinander vorsprachen und sie ausführen wollten: zwei Grafen, ein Baron und ein Hauptmann der Wache. Gut, der Hauptmann wäre ihr ohnedies zu mickrig gewesen, Grafen und Barone taten es schon eher. Aber eine wie sie war nicht unter einem Prinzen zu haben. Das hatte sie sich von klein auf so ausgerechnet. Wann aber würde er erscheinen, der Märchenprinz - und wenn er auch nur über einen Zwergstaat herrschte? Sehr reich mußte er nicht sein, denn Geld hatten sie ja selber satt, aber ein Titel, ja, so ein Titel war nicht zu verübeln: Prinzessin Bettina die Wundervolle. Ein Seufzer ließ Bettinas Busen über seine übliche Norm anschwellen - und die Schöne seufzte gleich mit. Nein, meinte sie, die Kerle heute hätten alle keinen Anstand. Immer nur hätten sie es auf das "Eine" abgesehen, wobei sie verschwieg, was sie mit dem "Einen" meinte. Oberflächliche Affären, wie sie ihre Schwestern gelegentlich hatten, waren ihr mehr als zuwider.

Die anderen schüttelten den Kopf, wie ihre schöne Schwester nur so kalt und abweisend sein konnte. Glücklicherweise waren sie aus anderem Holz geschnitzt und mochten damit auch nicht hinter dem Berg halten. Natürlich übertrieben sie maßlos, wie es nicht nur junge Leute in solchen Situationen zu tun pflegen. Während die Geschwister sich noch an Geschichten über das Abenteuer jung keimender Liebe überboten, erschien Mr. Kuppel in der Tür und räusperte sich.

"Seid gegrüßt. Was führt Euch zu uns, mein guter Kuppel?" empfängt ihn der Vater.

Kuppel war Schreiber in Vaters Kontor. Er trug einen pechschwarzen Umhang über der spindeldürren Gestalt, und sein Gesicht, das einem Totenkopf glich, zuckte so sehr, daß sein Bart über den Kragen strich wie ein Staubwedel. Dem langjährigen Schreiber und verdienstvollen Mitarbeiter war die Nachricht, die er zu überbringen hatte, sichtlich ungelegen. So etwas hatte er noch nie tun müssen, denn in der Vergangenheit waren Vaters Geschäfte äußerst erfolgreich verlaufen. Kuppel druckste herum und fand keine Worte. Sein Blick stolperte über die Gesichter, die um den Frühstückstisch versammelt waren.

"Bitte, nehmt doch Platz", lud ihn Vater freundlich ein, am Frühstück der Familie teilzunehmen. "Schlechte Nachrichten überbringt man besser mit vollem Magen." Frederick brachte einen Stuhl für den Schreiber, Bettina rückte zur Seite, und die Schöne reichte ihm einen Teller und Besteck. "Die Botschaft, die Ihr mir überbringen müßt, ist doch gewißlich keine frohe, wie ich Eurem Gesicht ansehe."

"Vielen Dank, Herr, aber ich habe wirklich keinen Appetit", entschuldigte Mr. Kuppel und rutschte unruhig auf dem Stuhl, auf den er sich gesetzt hatte. Es hatte den Anschein, als lodere unter seinem Gesäß ein Höllenfeuer. "Ich weiß nicht, wie ich es sagen soll." Am liebsten hätte er sich gleich wieder verabschiedet, denn gewöhnlich wurde der Überbringer einer schlechten Nachricht mit dieser selbst identifiziert, aber es mußte heraus aus ihm. "Bick, Euer Stellvertreter, unser Prokurist, ist spurlos verschwunden. Und mit ihm hat sich unsere gesamte Barschaft in Luft aufgelöst. Kein Heller ist uns mehr geblieben. Wenn Ihr mich fragt, Herr, so muß ich Euch sagen, daß Bick das Vertrauen, das Ihr in ihn gesetzt habt, nie verdient hat. Es steht zu vermuten, daß Unterschlagungen schon seit langer Zeit auf sein Konto gehen und daß er alles von langer Hand geplant hat."

Das hieß, dem Unglück, das die Familie ereilt hatte, die Krone aufsetzen.

Die Kinder drückten ihr Unverständnis und ihre Mißbilligung der schändlichen Tat aus und versuchten den Vater mit milden Worten zu trösten.

Nur Vater blieb ganz ruhig und scheinbar gelassen. Seine Kinder sollten sich die schönen Köpfe nicht über sein Unglück zerbrechen. Das sei zwar alles furchtbar schlimm, erklärte er, aber es bedeute noch lange keine Not. Sie sollten sich nicht durch Schicksalsschläge entmutigen lassen, sondern sie als Prüfungen betrachten, als Fastenzeit sozusagen. Auf Regen folge auch wieder Sonnenschein, und noch hätten sie ja das reiche Warenlager, das sie schnell zu Geld machen könnten, um wieder flüssig zu sein. Es sei für jede Eventualität vorgesorgt.

"Oh, ich hatte auch Pech", warf Oliver ein und versuchte auf seine plumpe Art Konversation zu machen. "Neulich im Club."

"Hast du wieder beim Kartenspiel verloren?" wollte Isabelle mit erhobener Stimme wissen.

"Wann wirst du endlich lernen, anständig zu spielen und nicht zu verlieren?" schalt ihn Bettina. "Ich kenne Männer, die wissen mit Karten umzugehen und verlieren nie."

Peter lachte, obwohl er nicht wußte, was genau seine Schwester mit dieser Feststellung gemeint hatte.

War dies alles, was diese vom Reichtum verwöhnten jungen Leute unter Unglück verstanden?

Dann entschuldigten sich Isabelle und Bettina. Sie hätten einen dringenden Termin beim Schneider. Der nächste Ball stand schon bald ins Haus, und gar zu leicht würde man sich daran erinnern, was sie beim letzten getragen hatten. Auch Frederick mußte gehen, um seine Verlobte, das Freifräulein, zu treffen. Sie wollten die Hochzeit absprechen. Da mußte etwas sehr Festliches arrangiert werden, das seiner Stellung als ältestem Sohn entsprach. Oliver, der Playboy, mußte natürlich wieder in den Club. Vielleicht bekam er ja doch noch den Bogen raus beim Kartenspiel. Und Peter hatte bis zum Mittagessen ein weiteres Scharmützel mit seinen Zinnsoldaten auszutragen.

Der alte Kuppel sah den jungen Leuten verwundert nach. Warum nahmen sie nur keinen Anteil am Schicksal ihres Vaters? Den Kopf zu schütteln traute er sich jedoch nicht. Das wäre ihm gegenüber seinem Herrn anmaßend erschienen.

Allein die Schöne, die die ganze Zeit geschwiegen hatte, blieb zurück und legte ihre zarte Hand auf die Schulter des gramgebeugten Vaters. Es war dunkel in seinem Herzen geworden, aber immer noch versuchte er sich nichts anmerken zu lassen und Haltung zu wahren. Trauriger und dumpfer als sonst schlug die Standuhr. Aber damit hatte die Not noch kein Ende. Ein Unglück zog bekanntlich das nächste nach sich, und der Teufel schiß mit Vorliebe auf den dicksten Haufen.

Eine Woche verging, in der der Vater überlegte, ob er die Ware aus seinem Lager verkaufen und zu Geld machen sollte. Aber die Preise waren gefallen und ließen es ratsam erscheinen, weiter abzuwarten, um später einen größeren Profit zu erzielen. Doch die Umsicht des Kaufmanns erwies sich dieses eine Mal als Trugschluß. Wieder erschien der getreue Schreiber Kuppel, und seine Halbglatze schien noch kahler und blanker als gewöhnlich. Dicke Schweißperlen standen ihm auf der Stirn, und er wußte nicht, wie er sagen sollte, was er zu melden hatte. Als er es tat, begann Vater zu wanken und ließ alle Hoffnung, die er sich eingeredet hatte, fahren. Kuppel und die Schöne mußten ihn stützen und auf eine Chaiselongue betten. Seinen fiebernden Kopf kühlte die Schöne mit nassen Tüchern und Umschlägen, während Kuppel ausführlich berichtete.

Jetzt war Vater mit seinem Latein am Ende. "Bis auf die Grundfesten niedergebrannt, sagt Ihr? Das ganze Lager?"

Kuppel bejahte.

"Und alles, was darin war, ist ein Raub der Flammen geworden?"

Kuppel senkte seinen Totenkopf.

Die Schöne vernahm es mit Besorgnis. Im Kontor stapelten sich mittlerweile die unbezahlten Rechnungen, und die beruhigenden Worte, die Vater zu finden suchte, verfehlten ihre Wirkung inzwischen selbst bei den sorglosen Geschwistern. Sie würden jetzt kräftig sparen müssen, fand die Schöne. Nur, wie sollten sie noch sparen, jetzt, da ihnen gar nichts mehr geblieben war außer dem schönen Haus, in welchem sie sicher und schadlos ihre Kindheit verbracht hatten, unter den Blicken eines fürsorglichen Vaters, der ihnen jeden Wunsch von den Augen ablas? Wie sollten sie nur ihre Schulden bezahlen?

Aber auch der gesellschaftliche Verlust, der mit dem materiellen einherging, wog schwer. Ihm allein verdankten die anderen Geschwister die unliebsame Erkenntnis, daß eine Phase in ihrem Leben vorbei war. Isabelle konnte nur mit Mühe verwinden, daß andere, mit denen sie sich qua Reichtum auf eine Stufe gestellt hatte, sie auf einmal zu schneiden begannen. Sie habe die Baronesse auf dem Boulevard getroffen, berichtete sie gekränkt, wobei sie geflissentlich übersah, daß ihr Vater jetzt nichts anderes brauchte als Schonung, aber die habe einfach weggeguckt und so getan, als habe sie sie nicht erkannt. Und Bettina mußte feststellen, daß fortan kein Galan mehr vorsprach, um sie zu einem Rendezvous zu entführen, weder der Graf noch der Baron, nicht einmal mehr der Hauptmann der Wache, und der Traumprinz sowieso in unendlich weite Ferne gerückt war. Einen Freier gefunden hätte jetzt allenfalls noch die Schöne, aber die wollte, wie wir bereits erwähnten, ihren Vater unter keinen Umständen verlassen, am wenigsten für einen Mann. Fredericks Augen wurden feucht, aber nicht vor Rührung über die Güte der Schönen. Wütend zerriß er den bösen Brief: Sie - sie hatte ihm die Verlobung aufgekündigt; sie sagte, einen wie ihn, der bald nichts mehr haben werde als die Kleider auf dem Leib, wolle sie nicht mehr sehen und schon gar nicht heiraten. Und Oliver - ihn wollten sie im Club der Herrenreiter und feinen Pinkel, nachdem sie ihn da beim Glücksspiel genügend und "gentlemanlike" ausgenommen hatten, nun nicht mehr dulden. Die Schöne, bemüht, die Stimmung nicht ganz auf den Nullpunkt sinken zu lassen, erklärte, daß sie womöglich besser dran seien ohne solche falschen Freunde, die einen in der Not im Stich ließen und nur da seien, wenn etwas vom Reichtum für sie abfiele. Solche Menschen seien Geier, nichts weiter. Man müsse versuchen, auch ohne Reichtum glücklich zu sein. Sie könnten froh sein, daß sie allesamt gesund seien und einander hätten. Aber auf die lebenskluge Stimme der Vernunft mochten die anderen nicht hören. Isabelle und Bettina schluchzten um die Wette, liefen die Treppe hinauf, knallten die Türen hinter sich zu, warfen sich auf die Betten und ergaben sich dem Selbstmitleid, anstatt Hand anzulegen und ihre Situation zu ändern. Nein, Eigeninitiative zu entwickeln war das einzige, was sie nicht gelernt hatten. Der einzige, der den Kopf nicht hängenließ, als er nach Hause kam, war der kleine Peter: Vater hatte sein Schulgeld nicht mehr bezahlen können, und so hatte ihn der Lehrer postwendend heimgeschickt. Fröhlich und vergnügt warf er seine Mütze in die Luft und pfiff sich eins.

Beim Essen, das diesmal weniger reichlich ausfiel, als man es in diesem Hause gewohnt war, ermahnte Vater einmal mehr die versammelte Familie, nicht aufzugeben, sich vom Schicksal nicht unterkriegen zu lassen, sondern den schlimmen Prüfungen und Stürmen die Stirn zu bieten. Da pochte es laut an der Pforte. Die Schöne ging, um zu öffnen, und das weitere Schicksal trat ein in Gestalt zweier Männer unterschiedlicher Größe, die wenig vertrauenswürdig aussahen und außer unfreundlichen Schnalz- und Zischlauten kein Wort des Grußes verloren. Vermutlich waren es die Herren Gerichtsvollzieher, denn im Schlepptau hatten sie gleich ein halbes Dutzend Möbelpacker. Hier sollte schließlich nichts beiseite geschafft werden, was die Ansprüche der sich wie Mäuse vermehrenden Gläubiger befriedigen konnte. Ohne die Familie um Erlaubnis zu fragen, begannen sie im ganzen Haus herumzuschleichen und das wertvolle Mobiliar Stück für Stück und unter Wert zu pfänden. Die Söhne wollten schon aufspringen und ihrem Treiben furchtlos Einhalt gebieten, aber Vater machte eine Handbewegung, daß sie sich wieder setzen und die unerbittlichen Geier gewähren und ihres unerquicklichen Amtes walten lassen sollten. Was, schließlich, sei schon der Besitz von Geld und materiellen Gütern. Geld verderbe nur den Charakter, und überdies sei es immer am dunkelsten, bevor der Morgen taghell aufziehe. Mit solch frommen Sprüchen war den Geschwistern, die nichts anderes gekannt als den Reichtum, freilich nicht gedient. Auch die Möbelpacker scherten sich nicht um den von einem rat- und hilflosen Vater verbreiteten Optimismus, und um die Kränkung vollzumachen, fegten sie das Geschirr vom Frühstückstisch und rissen den sprachlosen Familienmitgliedern sogar noch die Stühle unter den Allerwertesten weg. Einer hatte auch noch die Frechheit, ihnen den letzten Bissen Brot vom Tisch zu rauben, ihn in eine Tasse Kaffee zu stippen und genüßlich schmatzend in seinen Mund zu stopfen. Wie sich die Familie umsah, befand sie sich in einem leeren Haus. Aber damit nicht genug: Kaum hatten die Gerichtsvollzieher samt Möbeln und Möbelpackern das Gebäude verlassen, erschien ein weiterer Gerichtsdiener und befahl ihnen mit süffisantem Grinsen, binnen vierundzwanzig Stunden dasselbe zu räumen. Auch ihr schönes, verträumtes Haus sollte also unter den Hammer kommen.

Es war ihnen nur noch das Notwendigste geblieben. Draußen stand eine alte Karre, und sie schirrten einen Klepper an, den der Schlachter aus unverständlichem Grund übersehen hatte. Die Familie lud die traurigen Reste ihres einstigen Besitzes, Dinge, die die Möbelpacker nicht hatten anrühren wollen, auf den Wagen. Das war nicht leicht, denn bis auf die Schöne waren die Geschwister körperlicher Arbeit bislang nach Möglichkeit aus dem Weg gegangen. Langsam stieg der Vater auf den Wagen und nahm die Zügel in die Hand. Die

Kinder gingen stumm neben ihm her, als der Wagen aus dem Hof rumpelte. Wie Bettler gingen sie und wagten nicht, sich noch einmal umzusehen. Bis auf die Schöne konnten sie nicht verstehen, wie es anging, daß ihnen das Schicksal einen solchen Streich spielte.

VERGEBLICHE HOFFNUNG

Der Tag des vollkommenen Unglücks war so grau wie die allgemeine Stimmung und der Himmel entsprechend verhangen. Als sie ein Stück gewandert waren und sich bei Bettina und Isabelle die ersten Blasen an den wunden Füßen einstellten, tauchte vor ihnen eine bescheidene kleine Hütte auf, die verwildert in der Nähe eines kleinen Baches stand. Dieses baufällige Häuschen sollte fortan ihr neues Heim sein. Die Gläubiger mochten es nicht haben. Sie sahen keinen Wert darin. Efeu rankte sich um die Außenwände, die von dicken Rissen zerfurcht waren, und die wenigen Blumen im Garten waren von Unkraut erdrosselt. Das war fürwahr ein gar schlechter Tausch gegen das stolze, herrschaftliche Haus, in dem sie bisher gewohnt hatten. Nur die Schöne, die sich durch nichts erschüttern ließ, gewann dem neuen Heim etwas Anheimelndes und Einladendes ab und war froh, daß sie eine Bleibe hatten. Sie tanzte von einem Fuß auf den anderen, als sei es das größte Geschenk, überhaupt noch so etwas wie ein Dach über dem Kopf zu haben, ganz gleich welches, auch wenn es mit Stroh gedeckt war statt mit soliden Ziegeln. Unverdrossen öffnete sie die knarrende Tür, die direkt in eine Wohnstube mit viel zu niedriger Decke führte, während ihre Geschwister lange Gesichter machten. "Willkommen", lächelte sie und strich die dichten Spinnweben mit der Hand weg. "Willkommen in diesem zauberhaften Häuschen. Hier werden wir es uns schon schön gemütlich machen. Was meint ihr? Wir müssen nur die Ärmel aufkrempeln und alles saubermachen." Die Geschwister schauten immer noch betreten. Sie waren zu müde von der langen Wanderung, um zu widersprechen, sonst hätten sie ihre Schöne wahrscheinlich für unheilbar naiv, wenn nicht gar verrückt erklärt.

Das erste Licht der Sonne drang vorsichtig durch ein Loch im Vorhang in das Schlafzimmer, um die Schläfer frohgemut zu wecken. Die Geschwister hatten nicht nur ein Zimmer, die Schwestern hatten auch in einem altersschwachen Bett übernachten müssen. Die Söhne hatten es noch schlechter getroffen und sich ein Lager auf dem Fußboden herrichten müssen. Vorsichtig bahnte sich das Bündel erster Sonnenstrahlen seinen Weg durch den Vorhang, kroch unaufhaltsam über die zerschlissene Bettdecke und kitzelte die Schläferinnen an der Nase. Aber Bettina und Isabelle achteten nicht weiter darauf. Für sie hatte Morgenstund alles andere denn Gold im Mund, sondern war noch nachtschlafende Zeit. Mißmutig drehten sie sich noch einmal um und zogen die Decke über die Ohren. Nur die Schöne reckte und streckte sich und sprang frisch und munter aus dem Bett heraus. Nachdem sie sich am Bach gewaschen, die Gänse gefüttert und Tee aufgesetzt hatte, drehte sie sich nach den Morgenmuffeln um. "Kommt, aufstehen!" forderte sie unnachgiebig. "Wir müssen jetzt immer mit der Sonne aufstehen. Denn ab sofort und hier und jetzt beginnt für uns ein neues Leben. Da können wir nicht mehr so weitermachen wie früher. Da müssen wir wohl oder übel selber anpacken und uns den Lebensunterhalt verdienen." Das war eine Standpauke, die zwar das Herz des Vaters erfreute, denn er war nicht immer ein reicher Kaufmann gewesen, die anderen aber um so mehr verdroß. Sollte die Schöne doch die Arbeit tun, wenn sie so versessen darauf war.

Es war, als sei die Schöne allgegenwärtig und als hätte sie tausend Arme. Sie versorgte den Vater, machte sauber, brachte den winzigen Garten in Schuß und hatte für jeden, auch für den größten Faulenzer, ein freundliches Wort. Ihr Arbeitseifer mußte doch irgendwann auch auf die Geschwister ansteckend wirken. Und wirklich, endlich begannen sich die beiden älteren Brüder zu rühren und machten Bewegungen, die darauf schließen ließen, daß sie sich betätigen wollten. Aber was sollten sie tun? Sie konnten das Wort Arbeit zwar vor- und rückwärts buchstabieren, aber in die Tat umsetzen konnten sie es nicht. Ratlos sahen sie die Schöne an. Die bat sie, Milch zu holen. In einem kleinen Pferch vor dem Haus stand eine Ziege. Oliver und Frederick standen eine Weile davor, verdrehten die Augen, betrachteten die Vielzahl ihrer linken Hände und wußten nicht, wie man aus diesem gehörnten Viehzeug Milch herausbekommen sollte. Sie hatten diesbezüglich sogar eine kleine Meinungsverschiedenheit. Jeder von beiden wollte es besser wissen. Der eine meinte, man müsse das Tier bei den Hörnern nehmen, der andere suchte im Umkreis des Schwanzes. Zum Glück gab es die Schöne, die um das Euter und einige Dinge mehr wußte.

Isabelle und Bettina, die Spätaufsteherinnen, betrachteten sich in einer Glasscherbe und prüften kritisch die Strohhüte, die sie aufgesetzt hatten, um die kostbaren Häupter bei der Arbeit vor der Sonne zu schützen. Sie jammerten und klagten weh und bedauerten das Schicksal, das sie so hart und erbarmungslos getroffen hatte. Nur Peter tollte herum. Er hatte kleine Steine gesammelt, mit denen er die Gänse in den nahen Bach scheuchte. Die Schöne knetete gerade auf dem Küchentisch einen Brotteig, als sie sah, was Peter, dieser Schlingel, da trieb. Hastig lief sie auf dem Haus und versuchte sich die teigigen Hände an der Schürze abzuwischen.

"Peter! Peter!" schrie sie, zum ersten Mal erbost. "Willst du wohl damit aufhören!"

Peter beachtete seine große Schwester erst gar nicht. Er hatte ein Auge zugekniffen und zielte mit einem Stein sorgfältig auf das schnatternde Federvieh.

"Peter, kannst du nicht hören? Ich habe gesagt, du sollst mit dem Unsinn aufhören!"

Verdrossen über die Störung drehte sich Peter um und runzelte die Stirn, als er sah, wie seine Schwester gelaufen kam.

"Peter, du sollst die Gänse hüten und sie nicht quälen."

"Hüten?" maulte der Peter. "Was soll das jetzt schon wieder sein?"

Die zwei anderen Schwester, die das Geschrei hörten, kamen neugierig dazugelaufen.

"Ach, laß ihn doch, Belle", meinte Isabelle. "So ein Junge muß wild sein, damit später nicht einmal ein Stubenhocker aus ihm wird."

"Genau", pflichtete ihr Bettina bei. "Der Junge soll auch etwas Spaß haben. Unser Leben vergeht doch so freudlos."

Jetzt kamen auch die beiden großen Brüder.

"Was heißt hier, der Kleine quält die Gänse?" ereiferte

sich Frederick. "Sie sind es doch, die uns mit ihrem nicht enden wollenden morgendlichen Geschnatter quälen. Ach, dieses verdammte miserable Leben. Ich wünschte, ich wäre gar nicht erst geboren worden."

Die Schöne kräuselte verächtlich die Lippen: Für sie war es eine Sünde, so zu sprechen.

"Dir gefällt es wohl auch noch?" tadelte Olivers Stimme. "Du mußt entschuldigen, Schöne, aber für mich hast du einen, wenn auch geringfügigen, Dachschaden."

"Ja, redet nur, aber das Leben hat so viele schöne Seiten", beharrte die Schöne auf ihrem Optimismus, der unerschütterlich war.

Isabelle begann zu flennen: "Wenn ich daran denke, was wir alles verloren haben, und du zitierst angeblich schöne Seiten. Uns so zu quälen, wo wir doch mit unseren Nerven am Ende sind."

"Denkt doch einmal nicht an euch selnst, sondern auch an Vater. Ihr dürft ihm mit eurem Gejammer nicht endgültig das Herz brechen", mahnte die Schöne die wild durcheinanderklagenden Geschwister. "Er ist ein so guter Vater, und wir dürfen ihm das Leben nicht noch unnötig schwermachen. Ich wünschte, ihr würdet weniger nörgeln und dafür mehr arbeiten. Was gibt es Schöneres als körperliche Arbeit, die Dinge und Werte schafft und die Welt positiv verändert?"

"Sein Leben unnötig schwermachen? Wir?" Die Geschwister konnten sich ihrer Sicht der Dinge nun wirklich nicht mehr anschließen. "Das schlägt dem Faß den Boden aus!"

Während sie noch stritten, kam Mr. Kuppel atemlos den Feldweg gelaufen.

"Gute Nachrichten", rief er schon von weitem. "Ich bringe gute Nachrichten."

Peter lief, den Vater zu holen, der draußen auf dem Feld pflügte.

"Du sagst, er hat gute Nachrichten?" fragte der Vater ungläubig.

"Jajaja", machte Peter.

Da ließ Vater den Pflug stehen und eilte, so schnell ihn die alten Beine trugen, und wäre dabei um ein Haar noch gestolpert. Freudig begrüßte er Mr. Kuppel, dessen Gesicht Hoffnung verhieß, die Hoffnung, auf die sie alle so lange gewartet hatten.

Kuppel kam ohne Umschweife auf das Wesentliche: "Das Schiff ist nicht verloren, wie wir angenommen haben. Es war nur gezwungen gewesen, den Kurs zu ändern und nach Süden zu segeln, um den Piraten auszuweichen, die in dieser Gegend auf leichte Beute lauerten. Dabei ist es vor Madagaskar auf Grund gelaufen. Es war eine Zeitlang manövrierunfähig, aber jetzt ist es zurück, und der Kapitän erwartet Euch im nächsten Hafen."

"Ein gutes Schiff, die Arcady", lobte Vater. "Sie kommt von den Westindischen Inseln und hat Seide und kostbare Gewürze geladen. Ich muß augenblicklich aufbrechen. Kinder, wie richtig war es, daß wir nicht aufgegeben haben. Wie gut, daß die Schöne uns stets neuen Mut gemacht hat. Das ist die Wende. Jetzt wird alles wieder gut. Unser Vermögen ist nicht verloren. Wenn wir die Ladung verkauft haben, können wir all unsere Schulden mit einem Schlag bezahlen."

Die Kinder waren begeistert. Nur eine stimmte in den allgemeinen Jubel nicht ein. Ausgerechnet die Optimistin der Familie war es, die Schöne. Zwar versuchte sie sich ein Lächeln abzuringen, aber es wollte ihr nicht gelingen. Sie war nicht überzeugt, daß es eine Wende war; sie hatte eine böse Ahnung. Die Schwestern konnten nicht verstehen, daß ihre Schwester plötzlich so zurückhaltend und reserviert war.

"Belle", hakte sich Isabelle bei ihr ein, "so freu dich doch mit uns und sei ausgelassen."

"Schöne", sprudelte Bettina, "so lach doch. Jetzt wird unser Leben wieder lebenswert. Jetzt geht es wieder aufwärts. Du hast doch Vater gehört."

"Ihr kennt mich", machte sich die Schöne aus der Umarmung los. "Ich glaube nur, was ich sehe, bevor ich überzeugt bin."

Heimgesucht von einer düsteren Ahnung, trug die Schöne den Geschwistern am abendlichen Feuer ein gar grausliches Gedicht vom Loup Garou, vom Wolfmann vor, das sie neulich in einem Buche gefunden hatte. Auch Vater merkte in seinem Lehnstuhl auf, und es wurde ihm ganz unangenehm zumute.

"Brüderchen schläft, ihr Kinder, still!
Setzt euch ordentlich her zum Feuer!
Hört ihr der Eule wüst Geschrill?
Hu! im Walde ist's nicht geheuer;
Frommen Kindern geschieht kein Leid,
Drückt nur immer die Lippen zu!
Denn das böse, das lacht und schreit,
Holt die Eul und der Loup Garou.

Wißt ihr, dort, wo das Naß vom Schiefer träuft,
Und übern Weg 'ne andre Straße läuft,
Das nennt man Kreuzweg, und da geht er um,

Bald so, bald so, doch immer falsch und stumm
Und immer schielend; vor dem Auge steht
Das Weiße ihm, so hat er es verdreht.
Dran ist er kenntlich und am Kettenschleifen,
So trabt er, trabt, darf keinem Frommen nahn,
Die schlimmen Leute nur, die darf er greifen
Mit seinem langen, langen, langen Zahn.

Schiebt das Reisig der Flamme ein,
Puh, wie die Funken knistern und stäuben!
Pierrot, was soll das Wackeln sein?
Mußt ein Weilchen du ruhig bleiben,
Gleich wird die Zeit dir jahrelang.
Laß doch den armen Hund in Ruh!
Immer sind deine Hände im Gang,
Denkst du denn nicht an den Loup Garou?

Vom reichen Kaufmann hab ich euch erzählt,
Der seine dürft'gen Schuldner so gequält,
Und kam mit sieben Säcken von Bagnères,
Vier von Juwelen, drei von Golde schwer;
Wie er aus Geiz den schlimmen Führer nahm
Und ihm das Untier auf den Nacken kam.
Am Halse sah man noch der Krallen Spuren,
Die sieben Säcke hat es weggezuckt,
Und seine Börse auch, und seine Uhren,
Die hat es all zerbissen und verschluckt.

Schließt die Tür, es brummt im Wald!
Als die Sonne sich heut verkrochen,
Lag das Wetter am Riff geballt,
Und nun hört man's sieden und kochen.
Ruhig, ruhig, du kleines Ding!

Hörst du? drunten im Stalle - hu!
Hörst du? hörst du's? kling, klang, kling,
Schüttelt die Kette des Loup Garou.

Doch von dem Trunkenbolde wißt ihr nicht,
Dem in der kalten Weihnacht am Gesicht
Das Tier gefressen, daß am heil'gen Tag
Er wund und scheußlich überm Schneee lag.
Zog von der Schenke aus, in jeder Hand
'ne Flasche, die man auch noch beide fand.
Doch wo die Wangen sonst, da waren Knochen,
Und wo die Augen, blut'ge Höhlen nur;
Und wo der Schädel hier und da zerbrochen,
Da sah man deutlich auch der Zähne Spur.

Wie am Giebel es knarrt und kracht!
Caton, schau auf die Bühne droben -
Aber nimm mir die Lamp in acht! -
Ob vor die Luke der Riegel geschoben.
Pierrot, Schlingel, das rutscht herab
Von der Bank, ohne Strümpf und Schuh!
Willst du bleiben! tapp, tipp, tapp,
Geht auf dem Söller der Loup Garou.

Und meine Mutter hat mir oft gesagt
Von einem tauben Manne, hochbetagt,
Fast hundertjährig, dem es noch geschehn
Als Kind, daß er das Scheue hat gesehn,
Recht wie 'nen Hund, nur weiß wie Schnee und ganz
Verkehrt die Augen, eingeklemmt den Schwanz,
Und spannenlang die Zunge aus dem Schlunde;
So mit der Kette weg an Waldes Bord,
Dann wieder sah er ihn im Tobelgrunde,

Und wieder sah er ihn im Tobelgrunde,
Und wieder sah er hin - da war es fort.

Heilige Frau von Embrun! wer heut
Draußen wandelt, braucht keine Gespenster;
Irrlicht ist ihm die Nebelsäul,
Führt ihn schwankend dem Abgrund zu,
Sturmes Flügel die Toteneul,
Und der Tobel sein Loup Garou.

Alle schauten betroffen, als die Schöne mit ihrem Vortrag geendet hatte. Sonst war sie doch keine Schwarzseherin - und jetzt auf einmal, wo sich ihr Schicksal wieder zum Guten wenden sollte? Das war ein böses Omen.

Gleich am nächsten Morgen sattelte Vater den alten Klepper. Frederick und Oliver halfen ihm in den Sattel. Die Schöne hatte ein Bündel mit Wegzehrung geschnürt.

Das Gedicht vom Loup Garou, das sie am vergangenen Abend so geängstigt, schienen sie alle vergessen oder verdrängt zu haben.

"Was soll ich euch denn aus der Stadt mitbringen?" fragte der Vater seine Kinder.

Bettina mußte nicht lange überlegen. "Alles!" verlangte sie.

"Alles, was wir einmal hatten und so lange entbehren mußten", ergänzte Isabelle, die sich gern ein wenig realistischer gab als ihre Schwester.

"Alles, was wir einmal hatten?" Tiefe Falten furchten Vaters Stirn. Hatten sie denn immer noch nicht begriffen.

"So viel kann ich nicht tragen", sagte er.

"Also gut", beschied sich Isabelle und grenzte ihr Wunschpaket noch weiter ein. "Dann bring uns wenigstens Kleider. Wunderschöne Kleider, wie man sie in der großen weiten Welt trägt. Kleider, die nach dem letzten Schrei gearbeitet sind. Denn wenn wir wieder Geld haben, werden wir auch wieder auf Parties gehen müssen, und da braucht es die schönsten Kleider. Dann können wir es allen zeigen, die über uns gelacht haben."

"Kleider, das ist gut. Ja, das ist gut", tanzte Bettina. "Und eine Nerzstola für mich. Vielleicht auch Pelerinen oder besser noch: ein oder zwei Pelze. Schließlich steht der Winter vor der Tür, und da muß man Vorsorge treffen, auch was die Garderobe anbetrifft, weil man nie wissen kann, wie hoch der Schnee fällt. Modische Stiefel wären da auch nicht zu verübeln."

"Ohrringe", half Isabelle dem Vater auf die Sprünge. "Und Perlen. Das kannst du leicht tragen, Vater. Das nimmt nicht viel Platz weg und hast nicht so schwer dran zu schleppen."

Oliver entschied sich für Pferde. Frederick war bescheidener und verlangte nur eine goldene Taschenuhr, die jedoch mit Smaragden verziert sein sollte.

"Besser noch, Vater", brachte es der kleine Peter auf den Punkt, "du bringst einen Kessel, randvoll mit blankem Gold. Davon können wir uns dann kaufen, was das Herz begehrt, denn ganz sicher übersehen wir etwas in der Eile."

Vater holte tief Luft. Wie naiv konnten Kinder doch sein. Sein Blick wanderte zu seiner Lieblingstochter: "Du bist so schweigsam, meine Schöne. Sag, was wünschst du dir?"

"Ich wünsche mir, daß du den Mut nicht verlierst und heil und gesund nach Hause zurückkommst."

Die anderen heulten und jaulten über das, was in ihren Augen ein nichsnutziger Wunsch war.

"Schöne, hast du so wenig Phantasie, daß du nicht einen anständigen Wunsch äußern kannst?" wurde sie von Bettina geneckt. "Wir würden ja gern alles allein nehmen, aber Vater hat gesagt, du sollst dir auch etwas wünschen. Sonst ist der alte Herr richtig unglücklich und gönnt uns unsere Freude auch nicht."

"So bring mir eine Rose mit, Vater. So wie die, die wir in unserem alten Garten gezüchtet hatten, duftend, edel und rot von Geblüt."

"Nur eine Rose, nicht mehr?" Vater seufzte. Die Bescheidenheit seiner Tochter lastete ihm auf dem Herzen. "Also gut, meine Schöne", versprach er, "ich bringe dir deine Rose, eine Rose, die deiner Schönheit in allem entspricht."

Die Kinder winkten dem Vater nach und badeten im Meer der Vorfreude, die dem Hörensagen nach die schönste ist. Nur die Schöne hatte so eine unbestimmte Ahnung, und je mehr sie diese zu verdrängen suchte, um so größer wurde sie, besonders als ihr die Geschichte von der Rose einfiel, die ihr die verstorbene Mutter vor etlichen Jahren erzählt hatte:

"Es war einmal eine arme Frau, die hatte zwei Kinder; das jüngere von beiden, ein Mädchen, mußte alle Tage in den Wald gehen und Holz sammeln. Als es einmal wieder ganz tief im Wald war, tiefer als jemals zuvor, da erschien ihm ein anderes Kind, das half ihm fleißig und wacker Holz sammeln. Nachdem die beiden das Holz nach Hause getragen hatten, war das andere Kind genauso plötzlich verschwunden, wie es erschienen war, ohne daß es die Mutter zu Gesicht bekam. Das Mädchen erzählte der Mutter zwar von der Begegnung, aber die wollte es nicht glauben. Einige Tage später ging das Mädchen wieder in den Wald, es traf wieder das andere Kind, das half ihm wie beim ersten Mal und gab ihm zum Beweis eine Rose. Das Mädchen erzählte der Mutter, wenn die Rose verblüht sei, werde das andere Kind wiederkommen. Die Mutter stellte die Rose in eine Vase. Eines Morgens kam das Mädchen gar nicht aus dem Bette. Als die Mutter es wecken wollte, fand sie es tot. Es sah ganz anmutig aus, so lieblich wie das fremde Kind aus dem Wald, von dem es berichtet hatte, und als der Blick der Mutter zum Fenster fiel, fand sie die Rose verwelkt."

Irgend etwas sagte der Schönen, daß sie ihren Vater zurückhalten, daß sie ihren Wunsch nach einer Rose zurücknehmen mußte, aber da war der Vater schon entschwunden.

Vater mußte den ganzen Tag hindurch reiten, und er befürchtete schon, der alte Klepper würde nicht mehr bis zum Ziel durchhalten. Aber er schob alle Angst von sich. Es mußte jetzt einfach alles gut werden. Es würde jetzt alles gut werden. Nicht um seinetwillen, allein um der Kinder willen! Er hatte ihnen nicht eingestanden, daß er selbst, gäbe es sie nicht mehr, keinen Lebensmut mehr aufgebracht hätte. Es war schon spät am Abend und längst dunkel geworden, als er die Hafenstadt erreichte und in eine kleine Seitenstraße einbog, wo sich die Schenke zu den Drei Tätowierten Seeleuten befand. Das Holzschild, auf dem mit ungelenker Hand drei Gesellen mit Matrosenmützen aufgepinselt waren, klapperte unheilvoll im Wind. Die Schenke konnte auf

Menschen, die ein reines Gewissen hatten, kaum vertrauenserweckend wirken. Drinnen war es duster, und dichter Tabakqualm lastete wie ein undurchdringliches Spinnennetz auf dem Schankraum, der nur halbvoll war. Unverständliche Gesprächsfetzen drangen an Vaters Ohr. Endlich fand er den Wirt, der zwei Seeleuten zusah, die Backgammon spielten. Vater grüßte höflich und fragte nach einem Kapitän Hardy. Der Wirt, der ein Gesicht aus Stein zu haben schien, verschwendete kein weiteres Wort, sondern wies mit dem Kinn in eine dunkle Ecke. Vaters Augen blinzelten tränend durch den Rauch, aber er vermochte niemand in der Ecke zu erkennen. Als er jedoch näher trat, hörte er eine tiefe Baßstimme grölen. Es sollte wohl ein zotiger, nicht jugendfreier Männergesang sein. Auf dem Boden liegend erkannte er in einem untersetzten Mann mittleren Alters mit einer geröteten, wie mit kleinen Nadeln durchlöcherten Schnapsnase, die Ähnlichkeit mit einer dicken Kartoffel hatte, den gesuchten Kapitän.

"Kapitän Hardy?" fragte Vater vorsichtig, als hätte er Angst, den Mann bei irgend etwas Wichtigem zu stören.

Der Mann stierte ihn volltrunken aus glasigen Augen an.

"Kapitän Hardy?" wiederholte Vater bestimmter, der den Menschen kaum wiedererkannte.

Der Angesprochene rülpste etwas, was wohl eine bejahende Antwort auf die Frage darstellen sollte. Dann versuchte er sich aufzurichten. Es gelang ihm erst nach mehrmaligen Versuchen. Die Flüssigkeit in seinem Magen rollte wie in einer Rumtonne, die auf einem vom Sturm umbrausten Schiff hin und hergestoßen wird.

Vater half ihm an seinen Tisch und bestellte beim Wirt, der die Szene neugierig aber untätig beobachtete, einen Pott heißen Kaffees, um Kapitän Hardy wieder zu einem normalen menschlichen Bewußtsein zu bringen und eine vernünftige Auskunft von ihm zu erhalten.

Es dauerte eine halbe Stunde, bis Hardy soweit wiederhergestellt war, daß er halbwegs zusammenhängende, wenn auch nicht unbedingt plausible Sätze herausbrachte. "Die Dinge, die ich gesehen habe. So was könnt Ihr Euch gar nicht vorstellen, Herr", lallte er. "Solche Dinge würde ein feiner Herr wie Ihr niemals glauben. Was ich auf meiner Reise gesehen und erlebt habe, geht auf keine Pottwalhaut. Eine richtige Odyssee war das, wie sie die heldenhaft aus Troja heimkehrenden Recken nicht schlimmer erleben konnten. Meeresungeheuer haben uns in die Visagen gespien, die Tentakel riesiger, schleimiger Kraken wollten uns auf den Grund des Meeres ziehen. Und jeden Tag waren die Elemente, gegen die noch kein menschliches Kraut gewachsen ist, entfesselt. Schließlich brachte uns auch noch das überirdische, unwiderstehliche Heulen von Meerjungfrauen und Sirenen vom rechten Kurs ab und drohte uns auf Klippen zu werfen, wo unser Schiff unweigerlich zerschellt wäre. Das war genug für ein Menschenleben, kann ich Euch verraten, Meister, genug, um den Dienst auf See für immer zu quittieren. Und was wir in fernen Ländern geschaut und auf Inseln, die auf keiner Karte verzeichnet sind! Habt Ihr je von einer Kreatur gehört, die man dort einen Orangotan nennt, einen wilden Menschen. Einen zwei Ellen langen Leib hatte sie, Menschenhände, Füße mit Gelenken und Nägeln. Sie konnte auf den Füßen gehen, ordentlich auf einem Stuhle sitzen und auch aus einer Schale trinken und solche mit den Händen halten. Aber sonst sah das Wesen ganz furchtbar aus und unmenschlich: Der Leib war mit Haaren, wie bei einem Bären, bewachsen, die Haut darunter sah weiß aus, nur das Gesicht nebst den Händen war rötlich. Übrigens glich das Ungeheuer den Indianern auch viel an Gestalt. Unglaublich, wie? Nun, wir haben solch ein Wesen an Bord genommen, um es hier für viel Geld an den Zoo zu verkaufen. In Guinea hat man mir schon 250 Pfund Sterlings dafür geboten. Es war eine Weibes-Person gewesen, außer dem Kopfe, der einem Affen oder einer Meerkatze ähnlich sah. Diese häßlich-merkwürdige Kreatur wurde dennoch auch von der Liebe gar erschrecklich geplagt und hat den Kajütenjungen ihrer unaufhörlich zärtlichen Zuneigung gewürdigt, mit dem sie den ganzen Tag gespielt hat. Sie wurde des Karessierens und Leckens fast nicht satt und stellte sich sehr traurig an, wenn ihr Geliebter sich einmal entfernte. Trotzdem bezeigte sie sich ganz keusch und ließ sich von keinem Menschen anrühren."

"Aber die Ladung, Käpten, nicht der Affe!" drang der Vater in den betrunkenen Aufschneider. "Was ist mit der Ladung, Mann? Habt Ihr die Ladung retten können? So sprecht schon und erzählt mir keine Märchen!"

Speichel troff aus dem breiten Maul des Kapitäns. "Ladung?" krächzte er. "Die ging schon über Bord, bevor wir das Kap der Guten Hoffnung erreichten, und befindet sich jetzt wohl in den Bäuchen von Seeschlangen und anderem ekligeren Meeresgewürm."

"Und das Schiff? Mein Schiff? Das habt Ihr doch noch in den Hafen bringen können, denn sonst säßest Ihr ja wohl nicht hier auf Euren vier tätowierten Seemannsbuchstaben."

"Ihr kommt zu spät, Herr. Eure Gläubiger waren schon hier, bevor Ihr eintraft. Sie haben das Schiff vor zwei Tagen versteigert. Es ist ganz billig weggegangen, unter Preis, möchte ich sagen." Kapitän Hardy schnitt eine Grimasse, die tiefes Bedauern für den unglücklichen Eigner des Schiffes ausdrücken sollte. "Leider muß ich Euch mitteilen, daß nichts mehr von dem geblieben ist, was Ihr einst besessen habt. Und auch mir ist nichts geblieben außer seinem Kapitänspatent und seiner" - er pochte sich auf die Brust - "Seemannsehre." Viel Ehre schien dieser Mann zwar nicht mehr zu haben und vielleicht hatte er sich seiner Ladung sogar auf eine andere, wenig gesetzliche Weise entledigt, aber man würde ihm schwerlich etwas nachweisen können. Sein Gesicht schien vielmehr Mitleid zu erwarten, daß sich einer wie er jemals aus einer Schenke heraus auf hohe See getraut hatte.

Die Ellenbogen auf den Holztisch gestützt, vergrub Vater sein Gesicht in den Händen: Er würde die Stadt noch ärmer verlassen. Vorher war er ruiniert, aber es bestand immer noch die schwache Hoffnung auf das Schiff. Jetzt war nur noch tödliche Leere und kein Ausweg mehr.

In der Schenke übernachten wollte der Vater nicht. Dafür wollte er sein letztes Geld nicht ausgeben. Was er jetzt brauchte, war frische Luft. Hier drinnen würde er eingehen, zumal Kapitän Hardy entschlossen war, sich zu Tode zu trinken, und wieder auf Rum umgestiegen war. Außerdem war es draußen garantiert sauberer als hier drinnen, und je eher er ritt, desto früher würde er daheim sein, auch wenn es eine betrübliche Rückkehr war. Nachdem er eine Weile geritten war, begann es zu stürmen. Es regnete, donnerte und blitzte grell. Schließlich ging es nicht mehr weiter. Vater suchte in einer Höhle Schutz und band den Klepper draußen an. Er war so müde, daß er im Angesicht der tobenden Gewalten einschlief. Sein Schlaf blieb traumlos. Die Wirklichkeit war furchtbarer, als es jeder Alptraum hätte sein können. Mit dem ersten Tageslicht erwachte er. Immer noch pfiff ein scharfer Wind um die Höhle. Draußen war es naß und glitschig. Vater sattelte das Pferd, aber die Müdigkeit zerrte immer noch so an seinen Gliedern, daß er im Sattel einschlief und dem Pferd die Führung überließ. Als er am späten Nachmittag aufwachte, fand er sich in einem dunklen Tann. Riesige Bäume hatten ihn umstellt wie Soldaten und wirkten wie die unendlich vergrößerten Gitter einer Gefängniszelle. Aber er selbst hatte nicht einmal mehr Wasser und Brot, wie es in der Zelle selbst dem größten Schuft und Haderlump serviert wurde. Er rieb sich die schlaftrunkenen Augen, aber den Eindruck des Gespenstischen konnte er nicht wegreiben. Der Pfad, der vor ihm lag, war mit Moos übersät, und die Äste hingen so tief, daß er sich ducken mußte, um nicht vom Pferd zu fallen. Diesen Weg hatte mit an Sicherheit grenzender Wahrscheinlichkeit schon seit Jahren niemand mehr genommen. Um den auf ihn einschlagenden Ästen zu entgehen, stieg Vater ab und führte das Pferd an der Leine. Zwar hatte ihn der Gaul in diese Falle gebracht, aber auf einmal schien der Instinkt des Tieres zurückzukehren. Es begann zu bocken, aber Vater hielt den Klepper mit einem für seine geschwächte Verfassung erstaunlich festen Griff. Während sie noch wanderten, löste sich aus den Bäumen plötzlich eine Struktur, die augenscheinlich von Menschenhand geschaffen war. Ein schwacher Lichtstrahl fiel darauf. Mitten im Wald, dort, wo er am dichtesten war, stand der Vater auf einmal vor einer mächtigen, hohen Mauer, in die ein ungeheures eisernes Tor eingefaßt war. Überall herum wuchs gelblichbrauner Kuhpilz und Eisenhut, der zur Gattung der Hahnenfußgewächse gehörte, mit helmartigem, aufrechtstehendem hinterem Blumenblatt, eine meist meterhohe, giftige Alkaloide enthaltende Staude mit knollig verdickten Wurzeln. Noch bevor sich Vater zu etwas entscheiden konnte, schwangen die Torflügel, wie von Geisterhand gestoßen, selbsttätig und mit einem ohrenbetäubenden, metallischen Knirschen auf. Trotzdem hatte der Vater Angst einzutreten. Irgend etwas verriet ihm, daß ihn hier eine neue unbekannte Gefahr erwartete. Doch wie er im Wald die Wölfe heulen hörte, mußte er an das Gedicht vom Loup Garou denken und merkte, daß ihm keine andere Wahl blieb. Die Tore schlossen sich, nachdem sie den alten Mann verschluckt hatten.

DAS VERWUNSCHENE SCHLOSS

Auf einmal war es ganz hell um ihn herum, und vor Vater lag ein märchenhafter Garten Eden mit Blumen, wie er sie noch nie in seinem Leben geschaut hatte. Verwundert streifte er durch den schier endlosen Garten, und dann stand er vor einem prächtigen Schloß mit Zinnen und schlanken Türmen. Es handelte sich um einen sehr ausgedehnten Bau, den ein exzentrischer Baumeister mit viel Sinn fürs Detail geschaffen zu haben schien. Vater band das Pferd an den Pfosten eines Brunnens und ging zögerlich die Stufen hinauf zur Pforte. Auch diese öffnete sich ungefragt vor dem seltenen Gast, der nicht wußte, was für Wunder ihn drinnen erwarten würden, und eher mechanisch, ratlos, Schritt für Schritt tappte. Es war alles so unwirklich, daß Vater anfangs nicht einmal auffiel, daß hier drinnen, wie schon draußen in den Gärten, keine einzige Seele war. Aber als er unschlüssig in der großen Eingangshalle des Schlosses stand, wurde ihm doch mulmig. Von der Höhe der Säulen starrten ihn bizarre steinerne Gargoyles aus leblosen Augen an.

"Hallo!" rief er ängstlich. "Hallo! Ist da jemand? Ist denn niemand hier?"

Doch nur ein Echo antwortete ihm, als wolle es ihn verspotten, und das Geäder der zahllosen Spinnweben und der zentimeterdicke Staub auf dem Fußboden hätten ihn eines Besseren belehren sollen, was die Bewohnbarkeit des Schlosses anging.

Vater entschloß sich, die breite Marmortreppe zu

nehmen, die sich vor ihm hinaufwand. So erreichte er einen langen Flur. Als er bis zum Ende des Flurs gegangen war, stand er vor einer Tür. Er klopfte. Keine Antwort. Seine Hand wollte nach dem Griff tasten, um zu öffnen, aber wie alles andere hier, tat sich auch diese Tür von selbst auf, so als habe sie seinen Wunsch einzutreten erraten.

Der Vater stand in einer Bibliothek, die Regal für Regal mit zahllosen seltenen Handschriften und Folianten gefüllt war. Bedeutende philosophische Werke befanden sich darunter und illustrierte Gedichtbände, die darauf schließen ließen, daß man an diesem Orte mit einer zivilisierten Herrschaft rechnen durfte. In der Mitte des Raumes stand ein Globus, und ein Teleskop, das auf ein Stativ montiert war, war himmelwärts gerichtet. Vater sah hindurch. Das Meer der Sterne nahm ihm alle menschliche Schwere, und er fühlte sich mit einem Mal leicht. Wie nichtig und unbedeutend ist alle menschliche Not, alles Trachten und Sinnen im Angesicht des unermeßlichen Universums, dachte der Vater Einkehr haltend. Da hörte er im Nebenraum ein Kaminfeuer lustig prasseln. Er klopfte an die Tür, aber auch hier erwartete ihn nichts Lebendiges. Dennoch war der kleine Raum, der sich an die Bibliothek anschloß, geschmackvoll und behaglich eingerichtet. Er trat an den Kamin, und das Feuer begann die Seele des durchnäßten, halb erfrorenen Mannes, der auf seinem seelischen Tiefpunkt angelangt war, zu wärmen. In einer Ecke stand ein kleines Sofa, und müde wie er war, überwältigt von dem wundersamen Anblick des menschenleeren Schlosses in der Tiefe des dunklen Waldes, schlief er sofort ein, nachdem er sich darauf gebettet hatte. Im Traum sah er die verwunschenen Schlösser und Burgen vergangener Reiche, die, nachdem sie untergegangen waren, von Dornengestrüpp überwuchert wurden, so als wolle sie die Geschichte verschlingen. Ritter sah er, die sich auf ihren Reisen, auf der Suche nach dem Gral, in der Fremde verirrten und den Weg zu sich selbst nicht mehr zurückfanden. Als die ersten Sonnenstrahlen durch das Fenster drangen und er aufwachte, fiel seine Hand auf einen kleinen Tisch, der neben das Sofa gerückt war, und darauf stand ein Tablett mit Essen und Trinken. Anderthalb Tage hatte er nichts Eßbares mehr zu sich genommen, und so stürzte er sich ausgehungert auf das köstliche Mahl. Er griff sich ein leckeres Hühnchen und verschlang es zitternd in zwei Happen. Auch trank er einige Schlucke Wein. Mit jedem Schluck und jedem Bissen wurde ihm klarer, daß das Schloß doch nicht so leer sein konnte, wie er gedacht hatte, und daß es sich um zwar scheue, aber durchaus gastfreundliche Menschen handeln mußte, die hier lebten. Beglückt hörte er einen Vogel in einem goldenen Käfig zwitschern, aber als er näher an den Käfig herantrat, merkte er, daß der Vogel künstlich und nichts anderes als ein raffiniert konstruierter, seelenloser Automat war. So etwas hatte er noch nie in seinem Leben gesehen. Verwundert trat er ans Fenster und öffnete es. Tief atmete er ein und jeden Gedanken an Böses aus. Auf einer Konsole fand er einen Krug mit frischem Wasser, der in einer großen Schale stand. Dankbar nutzte er die Waschgelegenheit. Nachdem seine Seele halbwegs zusammengefügt war, entschloß er sich, seinen Gastgeber zu suchen und ihm für die unerwartete, hochwillkommene Herberge zu danken. In seinen kühnsten Gedanken fragte er den Schloßherrn bereits, ob hier, in dieser geräumigen Burg, nicht Platz sei für eine Familie, die ihm in diesen unendlich großen Hallen, durch die er einsam streifte, zur Hand gehen und Gesellschaft leisten könne. Aber sosehr er auch suchte und rief, es war niemand zu sehen. Als er nach draußen kam, war sein Pferd fort. Er ging um das Schloß herum und fand im hinteren Teil ausgedehnte Stallungen. Hier fand er, als einzigen Besucher, seinen Klepper, frisch gestriegelt und reichlich versorgt mit Hafer und Heu. Gierig und unermüdlich kaute das arme, verhungerte Tier. Offenbar hatte in diesem Schloß das Wunderbare und Gute, hatte das Glück wieder Gestalt angenommen und zwinkerte ihm freundlich zu. Am Ende gehörte dieses Schloß einer gütigen Fee, die Mitleid mit seinem Schicksal hatte. Vater zwickte sich in den Arm, doch nein, er träumte nicht. Das hier war Wirklichkeit, und er war mittendrin. Im Garten fand er einen herrlichen Rosenbusch und mußte dabei an den sehnlichen Wunsch seiner Lieblingstochter denken. Der Schloßherr würde schon nichts dagegen haben, wenn er, bevor er sein Reich verließ, eine einzige Rose für die Schönheit pflückte, doch kaum hatte er die Blume für seine Tochter gebrochen, da hörte er ein tierisches Knurren und dann ein zorniges Gebrüll, so laut, daß es ihm durch Mark und Bein ging.

"Undankbarer!" heulte die furchtbare Stimme. "Vor dem sicheren Tod habe ich Euch gerettet, indem ich Euch in der Sicherheit meines Schlosses aufnahm. Und wie lohnt Ihr mir meine Güte? Ihr stehlt mir die Rosen, die ich über alles in der Welt liebe!"

Zitternd fiel der Vater auf die Knie und versuchte in die Richtung zu sehen, aus der die Stimme kam. Ein Schatten erschien, aber mehr konnte er zuerst nicht erkennen, weil ihn die Sonne blendete. Zuerst dachte Vater, es sei ein Mensch von hünenhaftem Wuchs, doch die Gestalt war animalisch, auch wenn sie sich auf zwei Beinen bewegte. Erschrocken bekreuzigte sich der Vater, schlug die Hände vor die Augen und ließ nur einen Spalt zwischen den Fingern offen, in Erwartung des Furchtbaren. Es roch - es roch nach einer Raubkatze.

"Verzeiht mir, gnädiger Herr", flehte der Vater. "Wie konnte ich ahnen, Euch durch das Brechen einer einzelnen Rose so zu erzürnen und zu kränken? Ich dachte mir nichts Böses dabei."

Das Ungeheuer, das hinter einer steinernen Balustrade erschienen war, als habe es Vater schon die ganze Zeit beobachtet und nur auf dem Sprung gelegen, war unbeschreiblich. Aus einer dichten Löwenmähne blitzten wie scharf geschliffene Dolche die flammenden Augen eines grausamen Wolfes, und aus den Lefzen ragten, unendlich üblen Atem verströmend, die messerscharfen Fangzähne eines riesigen Königstigers. Der Schatten der Erscheinung war die eines menschlichen Riesen, aber alles andere war Tier. Allerdings konnte die Bestie sehr wohl sprechen. Ihre Stimme rührte den Vater wie Donner und warf ihn, kaum daß er sich erhoben, wieder um:

"Ich heiße nicht 'gnädiger Herr'", dröhnte das Ungeheuer und peitschte den Vater mit jedem seiner Worte. "Ich werde mit 'Tier' angeredet und nicht anders. Höflichkeiten sind mir ein Greuel. So dürft Ihr mir ruhig ins Gesicht sagen, was Ihr denkt. So leicht wirft mich nichts um."

Vater kniete vor der Gestalt wie vor einem Götzenbild, einem Minotaurus, halb Mensch und halb Stier, und knetete verzweifelt die Hände. Endlich brachte er den Mut auf, der Bestie in die Augen zu sehen:

"Entschuldigt, edler Herr . . . äh . . . Tier. Ich danke Euch gar sehr für Eure Gastfreundschaft. Aber wie ich auch suchte, ich konnte Euch, meinen unbekannten Gastgeber, den ganzen Tag nicht finden, um mich von Euch zu verabschieden, und so dachte ich, angesichts Eurer großen Gastfreundschaft, Ihr würdet mir das Abschiedsgeschenk einer einzelnen Rose nicht verwehren."

Aus der Kehle der Bestie drang ein heiserer Schrei, der Vater das Blut in den Adern gefrieren ließ. In panischer Angst versuchte er seinen Kopf mit den Händen zu schützen. Er dachte, jeden Augenblick sterben zu müssen, und mit dieser Ahnung schien er nicht ganz falsch zu liegen.

"Sterblicher", tadelte ihn das Ungeheuer, "Ihr redet mit weicher Zunge, aber ich kann Eurer Entschuldigung keinen Glauben schenken. Nachdem Ihr das Gastrecht gebrochen, das ich Euch gewährt habe, verdient Ihr nichts Besseres als den Tod."

Der Atem, den die garstige Bestie ausstieß, drohte Vater wie ein Pesthauch zu verschlingen. "Tod?" rief er erschrocken. "Das kann ich nicht glauben, mächtiges Tier." In seiner Not verfiel er auf eine List: "Aber Ihr habt recht. Vielleicht habe ich wirklich nichts anderes verdient. Mit dieser Tat setzt Ihr ohnehin nur den Schlußstrich unter ein elendes Leben, das keinen Ausweg mehr weiß. Denn vor mir läge doch nichts anderes als Enttäuschung und Schmerz. Die Rose, die ich pflückte, sollte das einzige Licht sein, das ich mitnahm in eine ungewisse Zukunft. Meine Familie und ich, wir sind über Nacht schuldlos verarmt. Dann schien ein Silberstreifen am Horizont aufzuziehen, und nach ihm versuchte ich wie nach einem Strohhalm zu greifen. Darum bin ich aufgebrochen und habe meine Kinder zurückgelassen. Aber die Reise, die ich unternahm, blieb ohne Früchte. Alles war nur noch schlimmer gekommen, als es vorher schon war. Um meine Kinder aber nicht mit gar zu trüber Nachricht zu schrecken, wollte ich ihnen wenigstens ein Geschenk der Hoffnung nach Hause bringen. Alle hatten sich prächtige, wertvolle Geschenke gewünscht, doch die zu erwerben gibt es jetzt weder Anlaß noch Mittel, so übertrieben waren sie. Selbst der Geldbeutel eines reichen Mannes hätte Schwierigkeiten gehabt, sie zu erfüllen. Allein die Schöne, meine jüngste Tochter, hatte einen realistischen Wunsch geäußert, den ich mit meiner unüberlegten Handlung zu erfüllen hoffte. Sie bat mich, ihr eine Rose als Zeichen der Hoffnung heimzubringen."

Die Bestie lehnte scheinbar gelangweilt gegen die Steinbalustrade, und es sah so aus, als prüfe sie, ob die Krallen seiner Tatzen auch scharf genug waren, um den tödlichen Schlag auszuführen. Aber die klagenden Worte eines Vaters hatten ihr Herz wohl doch gerührt: "Ich will Euch vergeben."

Der gebrochene Vater sah zu dem animalischen Gesicht auf, das sich über dem auf dem Boden liegenden, seine Finger ins Erdreich grabenden Alten in fast zwei Metern Höhe erhob.

"Ich will dir vergeben", wiederholte das Ungeheuer, "aber nur unter einer Bedingung."

"Und die wäre? Alles - alles, was Ihr befehlt, o Tier, will ich tun."

"Ihr werdet mir eine Eurer Töchter bringen."

"Eine meiner - Töchter?"

"Ja, Eure - Lieblingstochter." Das Tier ließ das Wort

genüßlich auf der Zunge zergehen, als verspüre es einen ungestillten Appetit auf Jungfräuliches.

Vaters Gesicht verzerrte sich: "Wie könnte ich, ein bedauernswerter Witwer, Euch eines meiner Kinder ausliefern, meinen Liebling auch noch? Mein Leben freikaufen und dafür eines der ihren opfern? Sie sind der Grund, warum ich überhaupt am Leben bleiben will. Sonst gilt mir dieses Leben nämlich nichts mehr."

"Aber das Mädchen soll doch nicht unter Zwang kommen. Es soll sich freiwillig entscheiden, ob es Euren Platz einnehmen will."

"Das kommt gar nicht in Frage. Eine solche Bitte kann ich nie und nimmer erfüllen."

Die Bestie antwortete mit einem zornigen Gebrüll: "Ihr gabt mir Euer Wort. Alles - alles wolltet Ihr erfüllen. Alles, was das Tier befiehlt. Ihr werdet also Eure Lieblingstochter, die, die Ihr Schöne nennt, schicken oder selbst an diesen verwunschenen Ort zurückkehren, denn verwunschen ist das Schloß, in dem ich seit mehr als einem Menschenalter hausen muß. Ihr müßt es schwören. Feierlich. Aber denkt ja nicht, Ihr müßtest diesen Schwur nicht einhalten, ich würde es vergessen. Ihr und Eure Familie, Ihr würdet meiner Rache nicht entkommen. Wenn Ihr nicht zwei Tagen zurück seid, werde ich kommen und Euch alle holen. Ich bin nämlich genauso nachtragend wie ein Elefant."

"Ich - ich werde zurückkehren, gewißlich", stammelte der Vater. "Ihr habt mein Wort als Ehrenmann. Aber verschont meine Familie."

Das Biest heulte zum Steinerweichen, und damit war der Schwur besiegelt.

Vater schluckte hart, aber der Kloß, der ihm in der Kehle steckte, mochte nicht weichen. Unsicher stand er auf und wollte sein Pferd am Zügel nehmen.

"Auf dieser Mähre wollt Ihr reiten? So werdet Ihr in der gesetzten Frist niemals zurückkehren. Nehmt statt dessen meinen schwarzen Rappen, der so schnell ist wie der Blitz. Er wartet auf Euch an der Pforte und wird Euch sicher nach Hause bringen. Und wieder zurück. Mit oder ohne Tochter." Mit diesen Worten, in denen eine unausgesprochene, unendlich grausame Drohung lag, drehte sich die Bestie um und entzog sich den Blicken des erbarmungswürdigen Vaters, der noch Minuten auf der Erde ausgestreckt verharrte und nicht mehr aufzublicken wagte.

Tatsächlich erwartete den Vater am Eingang des Schlosses ein prächtiger Rappe, mit silbernem Zaumzeug und einem herrlich gearbeiteten ledernen Sattel. Auf dem Sattel lag ein verschwenderisch gesticktes Tuch und ein Mantel, der den ärmlichen, löchrigen Lumpen, den er umhatte, ersetzte. Vater saß auf, und geschwind ging es heimwärts, durch den dunklen Tann.

Kann ich mein Wort brechen? dachte Vater die ganze Zeit über, bis sein Kopf vor lauter Sorgen zu platzen drohte. Und wenn ich zu meinem Wort stehe, kann ich der Bestie eines der Kinder überantworten, auch noch die liebste Tochter, die Unschuld in Person, deren fröhliches Wesen die Familie noch stets zusammengehalten hat und die nicht weiß, was ein Mann ist geschweige denn eine Bestie? Nein, ich selbst muß mich opfern. Es ist an mir und an niemand sonst. Er erinnerte sich an die Kindheit der Jüngsten, die ein richtiger Wonneproppen war. Auch seine verstorbene Frau hatte das Kind so gern gehabt. Er dachte daran, wie sie zum erstenmal 'Papa' zu ihm gesagt und ihre kleinen Arme um ihn gelegt hatte. Dieses Kind durfte er nie und nimmer hergeben, nachdem er seine Frau schon verloren hatte. Aber wenn ich mich opfere, haben sie alle keinen Vater mehr. Diese Überlegung war natürlich ebenso richtig. Der Wind zerzauste sein schlohweißes Haar. Wenigstens noch einmal sehen will ich sie. Dann werde ich zu dem Tier zurück, und es soll mit mir tun, was es will. Mein Tod wird mir nichts ausmachen, solange ich die Kinder gesund und wohlbehalten weiß. So war mein Leben nicht vergebens.

DER FLUCH DER GEBROCHENEN ROSE

Aufgeregt erwarteten die Kinder die Heimkehr des Vaters. Peter, der die Gänse hütete, hatte die Staubwolke, die der Rappe aufwirbelte, als erster gesehen und sprang voll Freude, um es den anderen mitzuteilen. Sie kamen aus dem Haus und von der für sie so ungewohnten Arbeit und waren ganz erstaunt über das schöne schwarze Pferd. Da mußte der Vater ja ein richtiges Vermögen gewonnen hatten, daß er den Klepper gegen so ein edles Tier hatte eintauschen können. Und der modische Umhang, den er trug. Aber warum war er nur so ungehalten, als er absaß? So kannten sie ihren Vater ja gar nicht. Sie begleiteten ihn ins Haus, und er massierte sich die altersschwachen Gelenke und Knochen. Dieses Tier sei wie der Sturmwind galoppiert, und das hätte ihm beinahe den Magen umgedreht und er hätte sich übergeben. Er fühlte sich wie am Boden zerstört. Die Kinder brachten ihm ein Glas Wasser, während Peter in den Satteltaschen nach den mitgebrachten Geschenken suchte, doch er fand nichts, was sein Interesse erregte. Der Junge machte ein ganz enttäuschtes, frustriertes Gesicht. Nur eine rote Rose hatte Vater mitgebracht. Der Vater riß dem Jungen unwirsch die Blume aus der Hand und reichte sie der Schönen, die gerade einen heißen Tee für ihn zubereitete. Zögernd nahm sie das Geschenk: "Ich danke dir, Vater. Aber es wäre bestimmt nicht nötig gewesen, mir diese kleine Aufmerksamkeit nach Hause zu bringen."

Der Vater sagte nichts. Er seufzte nur schwer.

"Vater", plapperte Bettina drauflos. "Bedeutet das etwa, daß wir jetzt wieder reich sind?"

Immer noch nicht antwortete Vater.

"Das Schiff, Vater!" meldete sich Oliver. "Was ist mit dem Schiff? Die Ladung ist doch gerettet, oder? So sprich doch."

Vater schüttelte den Kopf: "Die Ladung ist über Bord, Edelmetalle, Tuche und Spezereien, alles ist fort, der Kapitän ist nur noch ein menschliches Wrack, das sich ganz und gar dem Suff ergeben hat, und auch das Schiff habe ich verloren. Aber nicht durch die Gewalten des Meeres. Die Gläubiger haben es versteigert."

Die Geschwister machten ungläubige Gesichter: Das durfte doch nicht wahr sein! So gefreut hatten sie sich schon auf die Rückkehr des Reichtums und die teuren Geschenke, auch - aber gewiß nur nebenbei - auf den alten Vater. Und dann gab es nur eine Rose für die Schöne. Immer nur die Schöne - und sie hatten wieder einmal das Nachsehen.

"Aber das ist noch lange nicht das Schlimmste, Kinder."

Die Geschwister sahen einander an und verstanden kein Wort, weil sie nicht verstehen wollten. Was konnte noch schlimmer sein als der endgültige Verlust allen Reichtums, allen Wohlstands? "Was ist mit dir, Vater? Was hast du nur? Was für eine Last ist dir aufs Herz gelegt?"

"Ich bin nur noch einmal gekommen, um euch zu sagen, daß ich auf immer fort muß. Meines Bleibens ist hier nicht länger. Ich wollte euch nur noch ein einziges Mal sehen, bevor ich euch verlassen muß."

Traurig sah die Schöne auf den Rosenzweig, und eine Träne netzte ein Blütenblatt. Irgend etwas sagte ihr, daß dieses Geschenk in einem Zusammenhang mit Vaters Wehmut und seinem unvergleichlichen Schmerz stehen mußte. Sie hatte es ja geahnt, wollte ihn danach fragen, aber er winkte nur müde ab: "Bitte, Kinder, bitte, fragt nicht weiter. Ihr würdet doch nicht glauben, was ich zu erzählen hätte. Es ist besser, ihr laßt mich ziehen und haltet mich nicht länger auf."

"Aber wir müssen wissen, was geschehen ist", riefen die Kinder wie aus einem Mund. "Wohin mußt du, Vater? So verrate es uns doch endlich. Wir wollen dir kein Loch in den Bauch fragen."

Die Schöne musterte ihren Vater und die Blume aufmerksam. Dann kleidete sie ihre bange Ahnung in Worte: "Es hat mit dieser Rose zu tun, so ist es doch, Vater, nicht wahr?"

Vater nickte, und Wort für Wort zogen sie ihm die ganze schreckliche Geschichte aus der Nase.

Es dauerte bis zum frühen Abend, bis er mit der Erzählung dessen, was ihm widerfahren, fertig war. Die Familie saß im Kreis vor der Tür, und die Geschwister hatten Gesichter, die nicht nur das Abendrot gefärbt hatte. Sie konnten nicht glauben, weigerten sich zu begreifen, daß es eine einzelne Rose war, die das Schicksal ihres Vaters und damit das der ganzen Familie besiegelt hatte - und Dornen hatte die blöde Blume auch noch. Bettina hatte sich in den Finger geritzt, als sie sie der Schönen aus den Händen reißen wollte, und lutschte, um die kleine Blutung zu stillen. Vielleicht war alles nur ein böser Traum oder ein schlechter Scherz, aber das Wiehern des Rappens belehrte sie eines Besseren.

"Möglicherweise vergißt das Ungeheuer ja auch, was

vorgefallen ist. Vielleicht ist die Bestie ja nicht so nachtragend, wie sie tut", schlug Isabelle vor.

"Sie wird nicht vergessen. Und sie ist nachtragend." Dessen war sich Vater sicher.

Die Schöne hatte immer noch ein verdammt schlechtes Gewissen und schämte sich, obwohl sie doch am wenigsten Grund dazu hatte: "Es ist alles nur meine Schuld. Ich habe mir eine Rose gewünscht. Und darum will ich auch gehen. Ich muß es ausbaden, nicht du, Vater, in deinem hohen Alter."

Was mußten die Geschwister da hören? Ein entsetzter Aufschrei ging durch die Runde. Sie bestürmten die geliebte Schwester, nur ja den Kopf nicht hängen zu lassen. Sie dürfe sich einem solchen Ungeheuer nicht an den Hals werfen. Was wäre denn, dachten sie unisono, ohne es allerdings zu fomulieren, wenn sie die ebenso patente wie dienstbare Schwester verlören. Ihre Schwester schuftete für zehn, und wenn sie weg wäre, mußten sie ja alles alleine machen. Vater konnte ihnen nicht zur Hand gehen, dafür war er schon zu gebrechlich. Warum ging er also nicht?

"Aber was macht ihr, wenn die Bestie hierher kommt, um die Drohung wahrzumachen?"

"Wir könnten in der Zwischenzeit eine Falle vorbereiten", schlug Oliver vor. "Wir machen mal eine Ausnahme und gebrauchen einfach unseren Verstand, graben eine besonders tiefe Grube und legen Geäst darüber, damit man sie nicht sieht. Dann müssen wir nur noch warten, bis das Monstrum gerannt kommt und mit der Schnauze hineinfällt."

"Au ja!" freute sich Peter. "Und ich schütte Wasser in die Grube, bis die Bestie ertrunken ist. Das Ungeheuer soll sich nur vorsehen! Mit uns ist nicht zu spaßen!"

"Wir könnten den Boden der Grube auch schön mit Reisig auslegen", überlegte Frederick, "und, wenn das Untier drin gefangen ist, anzünden, bis es lichterloh brennt. Das wird dem Ungeheuer ordentlich den Pelz verbrennen, und es wird sich schon unterstehen, noch einmal so anmaßende Forderungen an uns zu richten."

Die Schöne fand einen solchen Gedanken grausam und wollte sich nicht weiter darüber auslassen: "Wenn das Ungeheuer wirklich so mächtig ist und über wundersame Zauberkräfte verfügt, von denen uns Vater gesprochen hat, dann wird all das verlorene Liebesmüh' sein und nichts fruchten." Sie sah Vater an, und der mußte ihr schweigend recht geben. Schließlich hatte er die Macht des Untiers erfahren.

Und dies alles einer Rose wegen! Die Geschwister kochten innerlich: Diese abscheulich schmeckende, total versalzene Suppe hatte ihnen allein der Hochmut dieser erbärmlichen Kreatur von Schwester eingebrockt! Hatte sie nicht um Putz bitten können wie die anderen? Um Perlen und Edelsteine und ähnliche Kleinigkeiten? Aber nein, das gnädige Fräulein mußte ja etwas Außergewöhnliches verlangen. Ausgerechnet eine Rose, die auch sonst keinen Wert darstellte. Damit hatte die Schöne den Tod des Vaters auf dem Gewissen - und wer sollte dann für sie sorgen, die Schar der Geschwister?

"Also", kam die Schönheit dem unausgesprochen über dem Raum schwebenden Protest der Geschwister zuvor und ließ keinen weiteren Widerspruch zu, "also ist es endgültig. I c h muß gehen, ich und niemand sonst. Ich könnte nicht leben, wenn Vater ein Schicksal ereilte, das ich durch meinen unüberlegten Wunsch verschuldet hätte, den ihr mir zu Recht zur Last legen möchtet. Ich sehe es euren Gesichtern doch an, meine Lieben. Also muß und werde ich mich opfern. Da führt kein Weg dran vorbei. Das Ungeheuer hat doch klipp und klar gesagt, es wolle auch eine Tochter an Vaters Statt annehmen. Ich bin jung und gesund und schätze mich glücklich, meinem Vater mit diesem freiwillig getroffenen Entschluß zu beweisen, wie zärtlich und leidenschaftlich ich ihn liebe und daß ich ihm alles, auch mein Leben opfern will. Besser, das Ungeheuer frißt mich, als daß ich vor Kummer über den Verlust des Vaters vergehe wie diese Rose. Aber es wird schon nicht gar so schlimm und zum Äußersten kommen. Dessen bin ich gewiß, und da kann ich euch beruhigen, ihr guten Schwestern und Brüder."

Vater war tief gerührt über den Edelmut seiner liebsten Tochter, aber er mochte ihr Opfer nicht annehmen.

"Ich bin alt", sagte er, "es bleibt mir sowieso nur noch kurze Zeit zu leben."

Die Schöne allerdings ließ ihn nicht weiter zu Wort kommen. Davon wollte sie nichts hören. Was sie gesagt, sah sie als beschlossene Sache an: "Ich bestehe darauf, daß ich zu dem Ungeheuer gehe." Gewiß, sie fürchtete sich vor dem Monstrum, und es wäre ein Fehler gewesen, würde man behaupten, der Entschluß sei ihr leichtgefallen, aber irgendwie - irgendwie interessierte sie dieses Ungeheuer auch. Eine Bestie, die Rosen züchtete und Sinn fürs Schöne hatte, war freilich ungewöhnlich und unerhört exzentrisch.

In dieser Nacht konnte niemand einschlafen. Zeitig, beim ersten Hahnenschrei, brach der Vater auf, seine Tochter zu dem Schloß im dunklen Tann zu bringen, ihr Schicksal in die Fänge einer Bestie zu legen, und er mußte dabei an Petrus denken, der seinen Herrn dreimal verraten hatte, bevor der Herr krähte. Jedenfalls stand es so oder ähnlich im Neuen Testament. Die Geschwister schliefen noch; die Stunde war zu früh für sie, und Vater schätzte ihre Krokodilstränen nicht hoch ein, da sollten sie sie auch nicht vergießen. Es war ein grauer Tag, der gut zu der allgemein trüben Stimmung paßte. Wortlos ritten sie. Der Wind wehte der Schönen ein Märchen in den Sinn. Märchen liebte sie über alles:

"Es hatte ein Vater ein Mädchen von sieben Jahren, das war so schön und lieblich, daß es niemand ansehen konnte, ohne mit ihm gut zu sein, und sie hatte es auch lieber als alles auf der Welt. Nun geschah es, daß es plötzlich an Milzbrand erkrankte und Gott, der nicht immer ein lieber Gott war, es zu sich nahm; darüber konnte sich der Vater nicht trösten und weinte Tag und Nacht. Bald darauf aber, nachdem es begraben war, zeigte sich das Kind nachts an den Plätzen, wo es sonst im Leben gesessen und gespielt hatte; weinte der Vater, so weinte es auch, und wenn der Morgen kam, war es verschwunden. Als aber der Vater gar nicht aufhören wollte zu weinen und sich nicht mehr beruhigen konnte, kam es in einer Nacht mit seinem weißen Totenhemdchen, in welchem es in den Sarg gelegt worden war, und mit dem Kränzchen auf dem Kopf, kroch zu ihm unter die Decke und sprach 'ach Vater, höre doch auf zu weinen und zu klagen, denn mein Totenhemdchen wird nicht trocken von deinen Tränen, die alle darauf fallen.' Da erschrak der Vater, als er das hörte, und weinte nicht mehr. Und in der andern Nacht kam das Kindchen wieder, hielt in der Hand ein Lichtchen und sagte 'siehst du, nun ist mein Hemdchen bald trocken, und ich habe Ruhe in meinem Grab.' Da befahl der Vater dem lieben Gott sein Leid und ertrug es still und geduldig, und das Kind kam nicht wieder, sondern schlief in seinem unterirdischen Bettchen."

Der Wald, den sie erreichten, schien noch dunkler, als ihn Vater beschrieben hatte. Es herrschte dichter Nebel, und hinter jedem Baum konnte ein Waldschrat oder ein noch fürchterlicherer Geselle lauern, aber das Pferd kannte den Pfad und galoppierte im Eiltempo schnurstracks auf das Schloßtor zu, das sich, schrill wie eine Kreissäge kreischend, auftat. In diesem Augenblick erfüllte sich die Luft des toten Waldes mit Leben. Kleine Lichtpunkte umschwirrten sie wie Leuchtkäfer, und die Schöne mußte unwillkürlich lächeln. Sie hatte Angst und gleichwohl auch Hoffnung. So ritten sie durch den Garten und erreichten den Schloßhof. Staunend vermerkte die Schöne die Pracht, als sich die Türen des Palastes öffneten. Vater und Tochter schritten die Stufen hinan.

"Ist das nicht herrlich, Vater?" flüsterte die Schöne und faßte den Alten unter den Arm. "Aber es scheint niemand da zu sein."

"Herr", rief Vater, "Seid Ihr da, Tier? Ich bin zurückgekommen, wie Ihr mir befohlen habt, und auch meine liebste Tochter habe ich dabei." Das Echo wiederholte die Worte. Betrübt nahm Vater die Schöne an die Hand, wie er es so oft getan hatte, als sie noch klein war, und führte sie die Marmortreppe hinauf. Schweigend schritten sie über den Flur. Am Ende des Ganges war die Bibliothek und sie erreichten das Zimmer, in dem Vater genächtigt hatte. Das Spiel mit den selbsttätig sich öffnenden und schließenden Türen schien der Schönen zu behagen und riesigen Spaß zu machen. Sie versuchte es auch selbst einmal, und wie auf einen unsichtbaren Wink taten die Türen für sie dasselbe, was sie es für den Vater getan.

Im Speisezimmer war für zwei Personen gedeckt.

"Sieh an", freute sich die Schöne, "wir werden schon erwartet. Es ist für zwei gedeckt." Sogleich setzte sie sich an den Tisch. "Hast du nicht auch Hunger, Vater?"

Sie nahm eine Serviette und probierte, eine geübte Naschkatze wie ihr jüngster Bruder, mit dem kleinen Finger von der Creme. "Schmeckt einmalig gut. Ich wäre vor Hunger schon fast vergangen, und das wäre ja wohl nicht der Sinn unserer Reise gewesen."

Vater beobachtete lächelnd, wie seine Tochter ordentlich zulangte, um ihn nicht zu beunruhigen, aber ihm selbst war der Appetit vergangen. Statt des Hungers begann sich in seinem Magen der Abschiedsschmerz zu rühren. Eine Träne rann über seine Wange, als er seine Tochter in den Nebenraum führte, das Gemach einer Prinzessin, komplett mit baldachinverhangenem Bett, mannsgroßem Spiegel in Goldrahmen und überreich ausgestattetem Kleiderschrank.

Der Schönen Blick wanderte in dem Raum umher: "Not werde ich auf jeden Fall hier nicht leiden. Das Zimmer ist mit großem Geschmack eingerichtet. So kann unser Gastgeber denn doch nicht so eine Bestie sein. Was meinst du, Vater, ob dieses Zimmer für mich bestimmt ist?"

Auf einmal wehte ein Wind durch das Zimmer, der sie frösteln machte, und die Fenster schlugen zu, daß es klirrte und schepperte. "Ja, dies Zimmer gehört dir", hörten sie eine Baßstimme sagen. Vater stand ganz starr. Seine Augen waren vor Schreck geweitet, als ein bekannter Schatten über sein Gesicht fiel. Es war das

Ungeheuer. Auch die Schöne war über den unheimlichen Anblick entsetzt, auch wenn das Tier seinen Sonntagsstaat trug. Ihr Gesicht wurde automatisch bleich, aber sie war fest entschlossen, sich ihre Furcht ansonsten nicht anmerken zu lassen. Ihre Hände zitterten leicht, und so verbarg sie sie verschämt hinter dem Rücken.

Vaters Augen füllten sich jetzt vollends mit Tränen: "Dies, o hohes Tier, ist meine geliebte Tochter. Wir nennen sie nur die Schöne. Es gibt keinen anderen Namen, der ihre Anmut besser beschriebe."

Das Ungeheuer schien beeindruckt und sehr angetan von dem mutigen, bildschönen Mädchen. Sein Knurren verwandelte sich in ein hörbares Schnurren, so wie man es von einer behaglich am warmen Ofen schlafenden Miezekatze kennt. "Bist du auch aus freien Stücken hierhergekommen, Schöne?" fragte die Bestie. "Es ist wichtig für mich, daß du freiwillig hier bist."

"Ja, ich bin freiwillig gekommen."

"Und weißt du auch, warum du hier bist?"

"Ich nehme die Stelle meines Vaters ein." Vater begann zu schluchzen. Sofort schlang die Schöne ihre Arme um den alten Mann und tröstete ihn nach Kräften: "Vater, du darfst nicht weinen." Dann wandte sie sich wieder dem Ungeheuer zu, bemüht, ihm ins Antlitz zu sehen: "Die Rose, die Vater in Eurem Schloßgarten gepflückt hat, sollte ein Geschenk für mich sein. Ich hatte ihn darum gebeten. Und so ist es auch an mir, an seiner Statt hier zu sein. Es ist alles nur meine Schuld." Die Schöne konnte dem forschenden, durchdringenden Blick des Ungeheuers nicht standhalten. Seine Augen glühten wie Kohlen. Sie senkte für einen Moment die Augenlider, aber dann sah sie es offen an, wenn auch mit tränenden Augen, die sie blinzeln ließen.

"Du gefällst mir", erklärte das Ungeheuer. "Du kannst bleiben." Dann verlor seine Stimme an Zärtlichkeit, als er sich wieder an den Vater wandte: "Ihr aber - Ihr werdet dieses Schloß bei Sonnenaufgang verlassen und Euch nicht wieder hier blicken lassen. Im angrenzenden Raum werdet Ihr zwei Reisekoffer finden. Ihr dürft sie mit allem füllen, was Ihr im Schrank findet. Die Not Eurer Familie dauert mich. Es ist nur recht und billig, daß ich Eurer Familie Geschenke schicke, die ihr Leben so bereichern wie Eure Schöne fortan das meine." Mit diesen Worten und ohne eine weitere Frage abzuwarten machte das Ungeheuer kehrt und verließ das Zimmer.

Vater und Tochter sahen einander verwundert an. Der Auftritt der Bestie, wiewohl sorgfältig vorbereitet und erwartet, hatte sie dennoch tief in ihrem Inneren verstört. Sie liefen in das angrenzende Zimmer. Das war riesig und bis auf zwei Koffer, die in der Mitte standen, weitgehend leer. Im selben Augenblick sprang die Tür des Wandschranks auf. Er war gerammelt voll mit herrlichen Kleidern und wertvollen Pelzen, und auch Goldstücke waren darin. Die Kleider waren genau das, was sich die Geschwister so sehnsüchtig gewünscht hatten, und mit den Goldstücken konnten sie die Gläubiger bezahlen. Sie leerten den Schrank, so gut es ging, aber immer, wenn sie glaubten, jetzt sei er leer, füllte er sich von neuem. Sie hatten schon Angst, es würde nicht alles in die Koffer hineinpassen, aber diese schienen wie ein Faß ohne Boden zu sein, bis wirklich die kleinste Kleinigkeit darin verstaut war. Der Vater versuchte die Koffer zu heben. Sie waren so schwer, daß man damit unmöglich ein Pferd belasten konnte. Die Schöne streckte die Arme. Das Kofferpacken war reine Schwerstarbeit gewesen, und ihre Gelenke waren ganz steif geworden. Durch das Fenster drangen die ersten Sonnenstrahlen. Es war ihnen nicht aufgefallen, daß sie die ganze Nacht zum Packen gebraucht hatten. Jetzt hieß es, Abschied nehmen. Arm in Arm gingen Vater und Tochter in das Speisezimmer, wo ein reichhaltiges Frühstück auf sie wartete. Da hörten sie ein Wiehern und sahen aus dem Fenster. Unten im Hof standen schon zwei Pferde bereit, und eines trug mit Leichtigkeit die beiden Koffer.

"Wie ich bereits bemerkte: So ein schlimmes Ungeheuer kann dieses Wesen nicht sein. Es ist so generös, zeigt ein tiefes Verständnis für unsere prekäre Situation."

Sie begleitete ihren Vater hinunter. Der Abschied der beiden war lang und tränenreich. Noch einmal wechselten Worte für und wider.

"Ach, liebe Tochter", rief der Kaufmann und umarmte die Schöne, "ich bin halb tot vor Entsetzen. Glaube mir, ich bin es, der hierbleiben muß, und nicht du. Willst du es dir nicht noch einmal anders überlegen?"

"Nein, lieber Vater", erwiderte die Schöne entschlossen. "Ich bitte dich, überlaß mich meiner Bestimmung, die mir vom Schicksal auferlegt ist."

Bald waren Vater und seine Reittiere im Wald verschwunden. Die Schöne ging wieder hinauf, warf sich auf das Bett und schluchzte herzzerreißend. Jetzt war sie allein. Allein mit sich und einer - Bestie! Einer Bestie aber, die sich in der Rolle des Rosenkavaliers gefiel. Das war nun doch ein Unterschied.

DAS BILD DES PRINZEN

Die Schöne war so müde von der anstrengenden nächtlichen Arbeit, daß sie gleich einschlief. Sie schlief tief und fest und träumte, daß sie an einem Bach spazierenging, als plötzlich ein junger Mann erschien. Er war genauso, wie sie sich ihren Märchenprinzen vorstellte, schlank, stattlich, nach der Mode der Zeit gekleidet und über die Maßen liebenswert. Der Prinz sprach sie an:

"Warum weinst du, Schöne? Das Unglück ist weniger groß, als du annimmst. Hier an diesem Ort wirst du für all das, was du erleiden mußtest, entschädigt werden. Jeder Wunsch soll dir von den Augen abgelesen werden. Ich bin dir in aufrichtiger Liebe zugetan und will dein Leben mit unendlichem Glück bereichern."

"Aber was muß ich dafür tun?" fragte die Träumerin erstaunt.

"Das einzige, was du tun mußt - du darfst dich nicht zu sehr auf das verlassen, was du mit bloßen Augen siehst. Du darfst nur auf die Stimme deines Herzens hören. Und - das Wichtigste - du darfst mich nicht verlassen, bevor du mich nicht aus meinem Elend erlöst hast."

"Aber wie soll ich dich nur erlösen, o Prinz?"

"Indem du allein deinem Herzen folgst und dich nicht von Äußerlichkeiten blenden oder abschrecken läßt. Denn dein Hiersein ist nicht mehr als eine Probe."

Die Schöne erwachte am Mittag und sah sich verstört um. Die neue Umgebung war noch ungewohnt. Auf einem Stuhl lag ein erlesenes Kleid, einer Prinzessin würdig, für sie bereit. Ein so schönes hatte sie selbst in ihren reichen Tagen nie besessen. Sie stand auf und probierte das Kleid an. Dann verließ sie das Zimmer, um das Schloß zu erkunden, denn was ihr vom Leben noch blieb, wollte sie unter allen Umständen genießen und nicht vertrauern, denn ein Teil in ihr war überzeugt, daß das Tier sie zum Abendbrot verschlingen oder ihr, schlimmer noch, ein zweideutiges Angebot machen würde. So kam sie in ein Spiegelkabinett. Augenblicklich hatte sie alle Sorgen vergessen, sie lachte und tanzte und betrachtete ihre reichlichen Spiegelbilder von allen Seiten, während das neue Kleid, das ihr wie angegossen paßte, lustig flatterte. In einem der Spiegel meinte sie ganz kurz die Miene des Vaters zu erkennen. Oder war es der Prinz? Als nächstes besuchte sie die Gemäldegalerie des Schlosses. Porträts meist älterer Menschen, Bild an Bild, viele Reihen. Plötzlich erstarrte sie. Sie stand vor dem Gemälde ihres Märchenprinzen. Also hatte sie den Prinzen im Traum nicht nur erfunden. Es hatte wirklich so eine Person gegeben. Ob er noch lebte? Womöglich hielt ihn das Ungeheuer hier irgendwo in einem feuchten Verlies gefangen. Aber vielleicht hatte sie das Gemälde beiläufig im Vorbeigehen wahrgenommen, gestern, als sie und Vater das Schloß betreten hatten, und das Porträt hatte sich ihr unbewußt eingeprägt und deshalb hatte sie von diesem feinen Gesicht geträumt. Wie sie den Saal verlassen wollte, sah sie etwas schimmern. Es war ein goldener Anhänger, und darin, ganz klein, war eine Miniatur desselben Prinzen. Sie hob das Medaillon auf, preßte es ganz fest an ihren Busen und dachte, daß ihr Märchenprinz genauso lieb und gut wie ihr Vater sein müßte und nicht so wie dieses furchtbare Tier, auch wenn das sonderbarerweise eine Vorliebe für rote Rosen hatte. Es war ihr, als wäre sie verliebt, aber sie verdrängte dieses Gefühl ganz schnell. Zwischen dem Märchenprinzen und ihr sollte es dann doch nicht sein wie zwischen Vater und Tochter, sondern nur wie zwischen Bruder und Schwester, nicht mehr, aber auch nicht weniger. Das war ein guter Anfang, fand sie.

Die Regale der ungeheuren Bibliothek waren bis an die Decke mit Büchern gefüllt. Wenn ich hier nur einen Tag leben sollte und das Ungeheuer mich am Abend zum Fraß haben wollte, folgerte die Schöne, hätte man mir doch gewiß nicht so viele Bücher hingestellt. Neugierig suchte sie die Regale durch, prüfte die Titel der ungeheuren Atlanten und Kartenwerke, Geschichtsbücher, Romane, Liederbücher und Gedichtbände, nahm auch schon einmal ein Buch heraus. Schließlich entschied sie sich für eines, das besonders reich illustriert war, und setzte sich damit in einen Sessel, der nahe am Fenster stand. Es war ein Märchenbuch, eines von der Sorte, das sie am liebsten hatte, und was sie aufschlug, war die Fabel vom Froschkönig, die ihr bisher noch nicht geläufig war.

"Es war einmal eine Königstochter", las sie, "die ging hinaus in den Wald und setzte sich an einen kühlen Brunnen. Sie hatte aber eine goldene Kugel, die war ihr liebstes Spielwerk, sie warf sie in die Höhe und fing sie wieder in der Luft und hatte ihre Lust daran." Ein rechtes Kind, dachte die Leserin. Wie schön, wenn man noch so unbekümmert sein darf, weil sich die Eltern um einen kümmern. "Einmal war die Kugel gar hoch geflogen, sie hatte die Hand schon ausgestreckt und die

Finger gekrümmt, um sie wieder zu fangen, da schlug sie neben vorbei auf die Erde, rollte und rollte und geradezu in das Wasser hinein." Wie ungeschickt! dachte die Schöne. Diese Prinzessin ist mir ja ein rechter Tolpatsch! "Die Königstochter blickte ihr erschrocken nach, der Brunnen war aber so tief, daß kein Grund zu sehen war. Da fing sie an jämmerlich zu weinen und zu klagen: 'Ach! Wenn ich meine Kugel wieder hätte, da wollt ich alles darum geben, meine Kleider, meine Edelgesteine, meine Perlen und was es auf der Welt nur wär.'" Unwillkürlich fielen der Schönen ihre Schwestern Isabelle und Bettina ein, die taten den lieben langen Tag auch nichts anderes als zu jammern. In Märchen steckte also mehr Wahrheit, als sie vermutet hätte. "Wie sie so klagte, steckte ein Frosch seinen Kopf aus dem Wasser und sprach . . ." Ein Frosch, der sprechen konnte? Aber so verwunderlich war das ja gar nicht. Der Herr dieses Schlosses, der ein Tier war, konnte ja auch reden. Warum sollten die Frösche solches also nicht können? "Der Frosch sprach: 'Königstochter, was jammerst du so erbärmlich?' - 'Ach, sagte sie, du garstiger Frosch, was kannst du mir helfen! Meine goldne Kugel ist mir in den Brunnen gefallen.' - Der Frosch sprach: 'Deine Perlen, deine Edelgesteine und deine Kleider, die verlang ich nicht, aber wenn du mich zum Gesellen annehmen willst, und ich soll neben dir sitzen an deinem Tisch und von deinem goldnen Tellerlein essen und in deinem Bettlein schlafen und du willst mich werth und lieb haben, so will ich dir deine Kugel wiederbringen.' Die Königstochter dachte, was schwätzt der einfältige Frosch wohl, der muß doch in seinem Wasser bleiben, vielleicht aber kann er mir meine Kugel holen, da will ich nur ja sagen; und sagte: 'Ja meinetwegen, schaff mir nur erst die goldne Kugel wieder, es soll dir alles versprochen seyn.' Der Frosch steckte seinen Kopf unter das Wasser und tauchte hinab, es dauerte auch nicht lange, so kam er wieder in die Höhe, hatte die Kugel im Maul und warf sie ans Land. Wie die Königstochter ihre Kugel wieder erblickte, hob sie sie geschwind auf und war so froh, sie wieder in ihrer Hand zu halten, daß sie an nichts weiter gedachte, sondern damit nach Hause lief. Der Frosch rief ihr nach: 'Warte, Königstochter, und nimm mich mit, wie du versprochen hast'; aber das war in den Wind gesprochen, sie hörte nicht darauf." Was für ein garstiges Mädchen! fand die Schöne. Was für ein treuloser Wortbruch! Was man versprochen hatte, das mußte man auch halten, ganz gleich, was kam! Sie selbst und ihr Vater hatten es ja auch getan. Nein, sie waren nicht so wortbrüchig geworden wie die Königstochter. Sie wunderte sich, wie sich wohl der Vater im Märchen verhalten würde. "Am andern Tage, als sie mit dem König und allen Hofleuten sich zur Tafel gesetzt hatte und von ihrem goldenen Tellerlein aß, da hörte sie etwas die Marmortreppe heraufkommen, plitsch, platsch! plitsch, platsch!, und als es oben angelangt war, klopfte es an der Thüre und rief: 'Königstochter, jüngste, mach mir auf.' Sie lief hin und wollte sehen, wer draußen wäre, als sie aber aufmachte, so saß der Frosch davor, an den sie nicht mehr gedacht hatte. Ganz erschrocken warf sie die Thür zu, setzte sich wieder an den Tisch, und war ihr ganz angst." Das geschieht ihr recht, begrüßte die Schöne die Rückkehr des gar so häßlichen Frosches. "Der König sah wohl, daß ihr das Herz gewaltig klopfte, und sprach: 'Mein Kind, was fürchtest du dich, steht etwa ein Riese vor der Tür und will dich holen?' - 'Ach nein', antwortete sie, 'es ist kein Riese, sondern ein garstiger Frosch.' - 'Was will der Frosch von dir?' - 'Ach lieber Vater, als ich gestern im Wald bei dem Brunnen saß und spielte, da fiel meine goldne Kugel ins Wasser. Und weil ich so weinte, hat sie der Frosch wieder heraufgeholt, und weil er es durchaus verlangte, so versprach ich ihm, er sollte mein Geselle werden, ich dachte aber nimmermehr, daß er aus seinem Wasser heraus könnte. Nun ist er draußen und will zu mir herein.' Indem klopfte es zum zweitenmal und rief:

'Königstochter, jüngste,
mach mir auf,
weißt du nicht, was gestern
du zu mir gesagt
bei dem kühlen Brunnenwasser?
Königstochter, jüngste,
mach mir auf.'

Der König sagte: 'Was du versprochen hast, mußt du halten, geh und mach dem Frosch die Thüre auf.'" Na also, stellte die Schöne befriedigt fest: Der König war genauso gerecht wie ihr Vater und achtete darauf, daß ein einmal gegebenes Versprechen gehalten wurde. "Sie ging und öffnete die Türe, da hüpfte der Frosch herein, ihr auf dem Fuße immer nach, bis zu ihrem Stuhl, und als sie sich wieder gesetzt hatte, da rief er: 'Heb mich herauf auf einen Stuhl neben dich.' Die Königstochter wollte nicht, aber vor ihrem Vater mußte sie es thun."

„Wie der Frosch oben war, sprach er: 'Nun schieb dein goldenes Tellerlein näher, ich will mit dir davon essen.' Das mußte sie auch thun. Wie er sich satt gegessen hatte, sagte er: 'Nun bin ich müd' und will schlafen, bring mich hinauf in dein Kämmerlein, mach dein Bettlein zurecht, da wollen wir uns hineinlegen.'" Plötzlich wurde der Schönen angst und bange. Schweißperlen traten auf ihre Stirn. Was wollte der garstige Frosch nur im Kämmerlein der Königstochter? Hier ging der Scherz wohl doch ein wenig zu weit. Auch die Königstochter im Märchen erschrak, wie sie das hörte: "sie fürchtete sich vor dem kalten Frosch, sie getraute sich nicht ihn anzurühren und nun sollte er bei ihr in ihrem Bett liegen, sie fing an zu weinen und wollte durchaus nicht." Auch der Schönen waren Tränen in die Augen getreten. Sicher würde der königliche Vater dem Frosch sein Ansinnen verbieten. So weit würde er es bestimmt nicht kommen lassen. Die Hände der Schönen, die das Buch hielten, zitterten vor Spannung: "Da ward der König zornig und befahl ihr bei seiner Ungnade, zu thun, was sie versprochen habe. Es half nichts, sie mußte thun, wie ihr Vater wollte, aber sie war bitterböse in ihrem Herzen." Auch die Schöne war bitterböse. Wie konnte ein Vater nur so etwas Gemeines zulassen? Seine Tochter sollte das Nachtlager mit dem Frosch teilen. Zu welchem Zweck?

Die Schöne hatte sich so in die Lektüre vertieft, daß sie gar nicht gemerkt hatte, wie die Zeit vergangen und es Abend geworden war. Schließlich hörte sie eine Glocke. War dies der Ruf zum Abendbrot? Sie brach die Lektüre ab, stand auf und stellte den Band ins Regal zurück, ohne das Rätsel zu lösen, was zwischen dem Frosch und der Königstochter weiter geschah. Sie wollte es auch nicht wissen. Auf gar keinen Fall. Dann folgte sie dem Klang der Glocke und stand wieder im Speisezimmer.

In dem Moment, da sie Platz nehmen wollte, vernahm sie mit Schrecken die vertraute Stimme in ihrem Rücken: "Guten Abend, Schöne."

"Guten Abend, Tier." Die Schöne brachte es, nachdem sie all die fürchterlichen Sachen über den gemeinen Frosch gelesen hatte, nicht über sich, sich umzudrehen und dem Ungeheuer ins Angesicht zu sehen. Wollte der Fleisch gewordene Horror etwa mit ihr speisen, am Ende von ihrem goldenen Tellerlein, und ihr am Ende mit seinem Anblick den Appetit verderben? Hm! überlegte die Schöne: Und dann muß ich ihn mit in meine Kammer nehmen. Und was passiert dann? Verspeist er mich dann, nachdem er mir vorher beim Essen zugesehen hat? Kommt gar nicht in Frage. Das würde Vater das Herz brechen. Diese Treulosigkeit darf ich ihm nicht antun, nachdem ich bisher jeden Freier abgewiesen habe und auf diese Weise mit dem nackten Leben davongekommen bin. Aber das Ungeheuer war über alle Maßen charmant. Es hatte ihr sogar eine Rose mitgebracht und verlangte nichts ähnliches wie der glitschige, quakende Frosch. Es rückte ihr galant einen Stuhl zurecht, und sie nahm Platz.

"Erzähl mir etwas von dir, Schöne", verlangte das Ungeheuer.

Die Schöne zögerte, dann begann sie. "Ich habe zwei Schwestern und drei Brüder", berichtete sie wahrheitsgemäß. "Meine Mutter ist schon ein paar Jahre tot. So haben wir uns um Vater gekümmert. Wir sind unschuldig in große Not geraten. Wahrscheinlich hat es Euch mein Vater schon gesagt. Vater hat eine ganze Schiffsladung Seide und Spezereien verloren, und sein Lager ist einem Feuer zum Opfer gefallen - und alles, was darin war, ist verbrannt. Ursprünglich haben wir in einem eleganten herrschaftlichen Haus gewohnt. Es war reichlich Dienerschaft um uns herum und las uns Geschwistern jeden Wunsch von den Augen ab. Wir hatten schöne Kleider und alles, was das Herz sonst noch begehrte. Aber nun wohnen wir in einer armseligen Hütte an einem kleinen Bach."

"Welches von beiden Häusern hat dir besser gefallen, Schöne?" Das war fürwahr eine wunderliche Frage, aber die Schöne ließ sich nicht aus der Ruhe bringen: "Mir gefällt es, wo immer ich gerade bin."

Das Biest hob die buschigen Brauen: "So gefällt es dir auch hier? An diesem einsamen, schauerlichen Ort, wo nur Gespenster um dich herum sind und die schlafenden Geister der Toten?"

"Wo immer ich bin", wiederholte die Schöne tapfer und unterdrückte die Tränen. "Euer Schloß ist ein Ort voller - voller Wunder und Überraschungen. Für mich ist es kein Ort des Todes. Irgendwie - irgendwie ist es von einer eigentümlichen Schönheit."

"Ja, es ist ein Ort der Überraschungen. Ein schönes Schloß. Aber es ist um so schöner, seit du hier bist."

"Ihr - Ihr werdet mich doch nicht töten wollen?" Die Schöne wurde ganz bleich. Ihr Blick fiel auf die Rose, die ihr die Tatze des Monstrums hingeschoben hatte. "Ich meine, der Rose wegen, Herr?"

Das Ungeheuer aber grinste nur und ließ sein Gebiß blitzen. "Du kannst alle Rosen haben, die dein Herz begehrt. Du bist es wert, alle Rosen dieser Welt zu besitzen. Und wenn es in der Unendlichkeit des Alls Rosen geben sollte, so magst du auch sie haben. Denn in diesem verwunschenen Schloß gibt es nur eine Herrin, und die bist du. Du brauchst mir nur zu sagen, wenn ich dich belästige, und ich werde sofort gehen. Sag mal,

Schöne, findest du, daß ich häßlich bin, oder meinst du, ich kann mich sehen lassen?"

"Ihr wißt, ich bin nun einmal ehrlich", gab ihm die Schöne wahrheitsgemäß zur Antwort. "Also, gängigem Schönheitsideal entspricht Euer ungewöhnliches Äußeres nun wirklich nicht. Aber ich glaube, tief unter der rauhen Schale ist ein kleiner aber weicher Kern versteckt."

"Du hast recht", brummte das Tier etwas verletzt, weil das Lob nicht größer ausgefallen war, "aber abgesehen von meiner Häßlichkeit, die mich die Spiegel im Schlosse meiden läßt wie den Teufel das Weihwasser, weshalb das Spiegelkabinett dir und deiner Schönheit allein vorbehalten ist, abgesehen von dieser Garstigkeit bin ich auch nicht sehr klug. Ich weiß wohl, daß ich nur ein Tier bin und keinen großen Verstand besitze so wie du."

"Man ist nicht dumm, wenn man meint, nicht klug zu sein", beruhigte die Schöne das Biest. "Wenn Ihr ein Dummkopf wärt, Durchlaucht, könntet Ihr gar nicht so gescheit daherreden. Außerdem haben Tiere etwas, das bei uns Menschen verkümmert ist, nämlich einen Instinkt."

Das war eine Antwort, so recht nach dem Herzen des sonst so ungeliebten Ungeheuers. "Aber Durchlaucht brauchst du mich nun wirklich nicht zu nennen. Sag ruhig Tier zu mir, so wie es dein Vater getan hat. Es macht mir nichts aus."

"Ihr seid überaus gütig. Ich gestehe, daß Euer gutes Herz mir Freude bereitet, und wenn ich das bedenke, so scheint Ihr mir gar nicht mehr so häßlich. Ihr müßt nämlich verstehen, daß ich nach den Schilderungen des Vaters furchtbare Angst vor der Begegnung mit

Euch hatte. Ich dachte schon, Ihr würdet mich am Ende fressen - oder Schlimmeres mit mir anstellen."

"Schlimmeres?" lachte das Monster dröhnend und laut, daß der Saal erzitterte. "Ich habe zwar ein gutes Herz, aber ich bin doch auch ein Ungeheuer - und vielleicht werde ich es bis zum Ende meiner Tage bleiben. Du mußt wissen: Unberechenbar bin ich schon."

"Es gibt unter den Menschen viele, die schlimmere Ungeheuer sind als Ihr und auch noch stolz darauf sind. Mörder, Tyrannen, Rassisten und sonstige Folterknechte. Da habe ich Euch lieber mit Eurer unheimlichen Gestalt als jene, die hinter einem menschlichen Antlitz und einem fadenscheinigen Titel ein falsches, verlogenes, undankbares Herz verstecken."

"Hätte ich soviel Herz und Verstand, wie du mir unterstellst, würde ich dir jetzt mit einem schönen Kompliment danken; aber ich bin tatsächlich dumm, und alles, was ich sagen kann, ist, daß ich dir sehr, sehr dankbar bin für deine guten, tief empfundenen Worte."

Die Schöne wußte nicht, was sie darauf erwidern sollte. Sie senkte ihren Blick und errötete zart. Dabei sah sie das Medaillon, das in ihrem Busen ruhte, das mit dem Porträt des Prinzen. Sie lächelte.

"Liebst du mich, Schöne?" fragte die Bestie unvermittelt, um das Maß der Überraschungen vollzumachen. "Willst du mich heiraten?" Das hieß nun wirklich, mit der Tür ins Haus fallen. Die Schöne wußte nicht, was sie darauf antworten sollte. Die Frage hatte sie ins Mark getroffen. Einerseits hatte sie Angst, der Bestie zu widersprechen, und fürchtete, den Zorn des Ungeheuers herauszufordern, wenn sie ablehnte, andererseits konnte sie ein Wesen wie ihn niemals lieben. Niemals.

Die Schöne ist ihrem Vater in Liebe zugetan und hat noch keinen anderen Mann anerkannt.

Rebecca De Mornay
als „Die Schöne"

John Savage
als „Das Biest"

Das Ungeheuer fragt die
Schöne: „Liebst du mich?
Willst du mich heiraten?"

Die Schöne und die lebenden Statuen: der Mythos von Amor und Psyche

Liebe errettet das
Ungeheuer
vor dem Tod

Aus dem Ungeheuer ist ein
wunderschöner Prinz geworden.

Das Ungeheuer knurrte, um dem Ultimatum Nachdruck zu verleihen: "Sag ja oder nein."

"N-N-Nein, Tier", stotterte die Schöne wahrheitsgemäß. "Ich kann nicht. Das ist zuviel verlangt von einer frommen Jungfrau."

Abrupt, tief in seinem Inneren verletzt, erhob sich das Tier und verließ den Tisch grußlos, um in der Dunkelheit des Schlosses unterzutauchen. Nur sein Heulen war noch zu hören.

Auch in dieser Nacht kehrte der Prinz im Traum der Schönen wieder. Er hatte Tränen in den Augen, als habe ihn jemand verletzt.

"Du warst so unfreundlich zu mir", sagte der Prinz. "Du liebst mich nicht."

"Aber ich kenne dich doch gar nicht."

"Du wirst mir Unglück bringen."

"Ich will dich nicht unglücklich machen. Nichts liegt mir ferner. Ich will alles tun, damit du wieder fröhlich bist. Alles, was in meinen Kräften steht."

Mit diesem Versprechen erwachte die Schöne.

Noch gab es viel in diesem riesigen Schloß auszukundschaften. Zuerst besuchte die Schöne am nächsten Tag die Bibliothek, um das Märchen vom "Froschkönig" zu Ende zu lesen:

"Die Königstochter packte den Frosch mit zwei Fingern und trug ihn hinauf in ihre Kammer, legte sich ins Bett und statt ihn neben sich zu legen, warf sie ihn bratsch! an die Wand: 'Da nun wirst du mich in Ruh lassen, du garstiger Frosch!' Aber der Frosch fiel nicht todt herunter, sondern wie er herab auf das Bett kam, da wars ein schöner Prinz. Der war nun ihr lieber Geselle, und sie hielt ihn werth wie sie versprochen hatte, und sie schliefen vergnügt zusammen ein." Was für eine merkwürdige Mär: ein Frosch, der sich in einen Prinzen verwandelt und mit der Königstochter das Lager teilt. Wie konnte die Schöne einen solchen Blödsinn noch auf sich beziehen? "Am Morgen aber kam ein prächtiger Wagen, mit acht Pferden bespannt, mit Federn geputzt und und goldschimmernd, dabei war der treue Heinrich des Prinzen, der hatte sich so betrübt über die Verwandlung desselben, daß er drei eiserne Bande um sein Herz legen mußte, damit es vor Traurigkeit nicht zerspringe. Der Prinz setzte sich mit der Königstochter in den Wagen, der treue Diener aber stand hinten auf, so wollten sie in sein Reich fahren. Und wie sie ein Stück Weges gefahren waren, hörte der Prinz hinter sich ein lautes Krachen, da drehte er sich um und rief:

'Heinrich, der Wagen bricht!'
'Nein, Herr, der Wagen nicht,
es ist ein Band von meinem Herzen,
das da lag in großen Schmerzen,
als ihr in dem Brunnen saßt,
als ihr eine Kröte was't.'

Noch einmal und noch einmal hörte es der Prinz krachen und meinte: der Wagen bräche, aber es waren immer nur die Bande, die vom Herzen des treuen Heinrich absprangen, weil sein Herr erlöst und glücklich war."

Ja, ja, dachte die Schöne, im Märchen ging es halt immer gut aus, aber: würde es ihr auch so ergehen? Sie stellte das Märchenbuch nachdenklich zurück ins Regal.

Neugierig öffnete sie die Tür zu einem Raum, den sie

noch nicht betreten hatte. Hier gab es alle Sorten feinster Stoffe, echte Seide, Garn, Nadel und Faden, und auch ein Spinnrad stand bereit. An den Wänden hingen Vogelkäfige, aber die Vögel, die darin gefangen waren, waren mechanischen Ursprungs. Aber dem freundlichen Wesen der Schönen, die ihnen fröhlich eins pfiff, konnten sie nicht widerstehen. Indem die Schöne die Käfige öffnete, verwandelten sich die Automaten in weiße Tauben und wurden in die Freiheit entlassen. Die Schöne wunderte sich nicht darüber, nachdem sie von einem Frosch gelesen, der in Wirklichkeit ein verwunschener Prinz war. Hier war es nett, fand die Schöne, hier wollte sie bleiben. Hier konnte sie sich bei der Arbeit entspannen und den seltsamen Traum vergessen. Darüber verging auch dieser Tag.

Endlich hörte sie wieder die Glocke, die zum Nachtmahl rief. Die Schöne legte ihre Stickerei hin und lief durch die Halle. Wieder war der Tisch reichlich gedeckt. Sie nahm Platz und wartete auf ihren Gastgeber, aber der erschien nicht. Sie begann ein wenig am bereitliegenden Brot zu spielen und kleine Krumen abzubrechen, die sie sich hungrig in den Mund stopfte. Schließlich hielt sie es nicht länger aus und begann enttäuscht mit der Suppe. Als sie den Löffel zu ihrem Mund führte, sah sie darin die Buchstabenfolge "Biest" geformt und hörte ein Geräusch. Da stand er in der Tür, ihr mysteriöser Gastgeber, und hielt die schönste rote Rose in seinen Pranken, die sie in ihrem Leben gesehen hatte. Freundlich setzte er sich zu ihr an den Tisch und begrüßte sie. Die Schöne lächelte verlegen, aber das Lächeln mißlang ihr. Langsam schob er die Rose über den Tisch, in Richtung ihrer Nase, damit sie den angenehmen, jedes Herz freundlich stimmenden Duft einatmen konnte.

"Hattest du einen angenehmen Tag, Schöne?" fragte er.

"O ja! Dieser Palast ist wirklich voller Wunder, große ebenso wie kleine."

"Also bist du glücklich?"

Die Schöne druckste mit der Antwort herum. Weil sie ehrlich sein mußte, war ihr unbehaglich zumute. "Das Schloß ist voll der schönsten Dinge, aber es sind keine Menschen hier. So wiegt die Einsamkeit schwer, und wie die Vögel komme ich mir vor wie in einem goldenen Käfig. Doch ich habe sie befreit, die Automaten, und im selben Augenblick sind weiße Tauben aus ihnen geworden."

"Aber sind Menschen mit ihrer Selbstsucht nicht manchmal eine große Last? Das mußt du doch zugeben, Schöne."

"Ihr habt recht. Dies Gefühl Mitmenschen gegenüber ist auch mir nicht fremd. Aber selbst, wenn sie noch so selbstsüchtig sind und dauernd nörgeln und nerven und Unüberlegtes daherplappern, sind Menschen doch die beste Gesellschaft für andere Menschen. Es ist nicht gut, daß der Mensch allein sei. So steht es schon in der Heiligen Schrift geschrieben. Doch wie sollte ein Tier wie Ihr für die Einsamkeit einer Menschenfrau Verständnis aufbringen?" Bevor sie die häßlichen Worte aufhalten konnte, waren sie schon aus ihrem Mund heraus, und sie bedauerte sie sehr. Aber das Tier ließ sich den Unmut über den Affront nicht anmerken. Nur ein kleiner Ruck ging durch seinen massigen, hünenhaften Körper.

"Liebst du mich, Schöne?" wiederholte es seine Frage

vom Vortag. "Willst du mich heiraten?"

Die Schöne schwieg. Sie biß sich auf die Lippen.

"Sag ja oder nein."

Die Schöne sagte nichts.

Wieder erhob sich die Bestie grußlos und ließ die rote Rose auf dem Tisch liegen.

Auch in der dritten Nacht erschien ihr der Prinz im Traum. Sie saß am Wasser, als sie sein Spiegelbild darin gewahrte. Glücklich, ihn wiederzusehen, drehte sie sich nach ihm um, aber er blieb distanziert und unglücklich: "Ich liebe dich, Schöne. Nur, warum kannst du mich nicht lieben? Warum weigerst du dich, meine Liebe zu erwidern?"

"Aber ich liebe dich doch", erwiderte die Schöne leidenschaftlich.

"Du behauptest, du liebst mich? Gesteh mir, warum. Nur heraus mit der Wahrheit!"

Die Schöne sah ihn verwirrt an. "Weil - weil", stammelte sie, nach einer passenden Antwort suchend, aber sie fand keine. Der Prinz starrte sie verzweifelt an. "Warum liebst du mich, Schöne? Sprich es aus. Weil - weil - weil?"

Die Schöne erwachte aus dem angenehmen Traum, der doch so unangenehm endete. Sie sah sich um, als wolle sie sich vergewissern, daß alles nur ein Trugbild war. Dann fiel ihr Kopf auf das Kissen zurück, und sie starrte lange an die Decke. Immer noch suchte sie nach einer Antwort auf die drängende Frage ihres Märchenprinzen.

DER MYTHOS VON AMOR UND PSYCHE

An diesem Morgen zog es die Schöne wieder in die Gemäldegalerie. Wie wünschte sie sich, daß diese Gemälde, diese Porträts großer Männer, nur zum Leben kämen, um ihr Gesellschaft zu leisten, wenigstens eines dieser Bilder, am liebsten ja das ihres ganz persönlichen Prinzen. Plötzlich vernahm sie den Klang einer Laute. Überrascht drehte sie sich in die Richtung, aus der die Musik kam, und bemerkte, daß ihr Wunsch tatsächlich in Erfüllung gegangen war. Auf dem Bild war eine Szene aus der Commedia dell'arte dargestellt, und sie war auf ihr Geheiß lebendig geworden: Ein Arlecchino, dessen Gesicht zur einen Hälfte schwarz, zur anderen weiß bemalt war, schlug Kapriolen, um das Herz seiner Kolombine zu erobern. Unterstützt wurde er dabei von einem Jongleur mit weiß-rot bemaltem Gesicht und dem Lautenschläger, der unter seiner Narrenkappe halb blau, halb grün war. Der Schönen zuliebe waren sie aus dem Bilderrahmen gesprungen, hatten die zweite Dimension überwunden und zeigten jetzt allerlei Tricks und Kunststücke in der dritten. Sie tanzten, sprangen und sangen und vollführten Salti. Die Schöne sah ihnen sprachlos zu und applaudierte begeistert. In diesem Schloß mischten sich Traum und Wirklichkeit auf das Wundersamste. Schließlich faßte sie sich ein Herz und wollte den Musiker, den Harlekin und den Akrobaten ansprechen, aber kaum unternahm sie den Versuch, waren diese auch schon wieder in die zweite Dimension des Bilderrahmens verschwunden.

Wieder - die Uhr hatte gerade neun geschlagen - brachte ihr das Tier eine Rose an den Abendtisch. Ob die Schöne heute vielleicht Gesellschaft hatte, wollte es wissen.

"Gesellschaft? Ja, doch. Aber es war keine echte Gesellschaft. Ein bißchen Zerstreuung, vielleicht, mit ein paar blauen Jungs. Aber Gesellschaft bedeutet auch Freundschaft. Miteinander reden können. Was das angeht, seid Ihr mein einziger Gesellschafter."

"Ist das so?" Das Ungeheuer musterte sie scharf.

"Wir sind doch die einzigen hier, oder?"

"Ja, Schöne, wir sind hier die einzigen."

"Und es gibt niemand sonst?"

"Keinen außer uns."

Die Finger der Schönen berührten verlegen das Medaillon mit der Miniatur des Prinzen. Wo war er nur abgeblieben, der Prinz?

"Fehlt es dir denn an irgend einer Annehmlichkeit, Schöne, die ich dir nicht schenken könnte?" Die Stimme des Ungeheuers war geradezu zärtlich geworden und überhaupt nicht mehr animalisch. Auch stank das Tier überhaupt nicht mehr aus dem Maul.

Trotzdem - "Nein, da ist nichts, was du mir noch geben könntest, Tier."

Das Ungeheuer erhob sich und wollte verschwinden. Im Türrahmen drehte es sich noch einmal um: "Liebst du mich, Schöne? Willst du mich heiraten?"

Die Schöne schüttelte den Kopf, aber das Kopfschütteln war weniger bestimmt als am Vortag. "Tier", sagte sie, "Ihr bereitet mir großen Kummer. Ich wünschte, ich könnte Euch heiraten, aber es ist mir unmöglich, Euch Hoffnung zu machen, daß dies jemals geschehen könnte. Jedoch bleibte ich immer Eure Freundin. Ihr müßt versuchen, Euch damit abzufinden. Ich weiß, es ist unbefriedigend, aber es geht nicht anders."

"Wenn du mich wirklich und aufrichtig liebtest", tadelte sie der Traumprinz mit dem schönen Gesicht in dieser Nacht, "würdest du mich nicht so unglücklich machen."

"Ich weiß nicht, was ich anstellen sollte, um dich glücklich zu machen", antwortete die Schläferin. "Du bist gar so anspruchsvoll."

"Du mußt zu mir finden. Du mußt mich suchen. Mit der ganzen Kraft deines Herzens. Nur so kannst du mir Glück bringen."

"Ich werde dich finden. Verlaß dich auf mich. Ich werde nicht aufgeben und nicht in dem Bemühen nachlassen."

Am nächsten Morgen ging die Schöne im Garten spazieren und bewunderte die Galerie der antiken Statuen, deren Scham mit Feigenblättern bedeckt war. Du da! deutete die Schöne auf das Standbild. Tanze für mich! Aber wie konnte eine Statue aus Stein und ohne Herz ihren Wunsch verstehen?

"Ihr Götter! welche Phantaseyn!
O Wahnsinn! . . . Wahnsinn, den ich liebe! . . .
Ihn hauchte mir ein Dämon ein. -
Hoff' ich bei dir auf Gegenliebe,
Fühlloser, tauber Marmorstein?"

Sie wollte weitergehen. Doch hatte da nicht eine der Statuen ihren Kopf bewegt?

"Nicht taub, nicht fühllos, nein!
Ihr Auge gibt mir zärtliche Verweise;
Ihr Mund will zürnen . . . Horch! dringt nicht ganz leise

Der feinste Silberton hervor?
Eröffnen sich die halb geschloßnen Lippen nicht? . .
.
Sie öffnen sich. - Ach! daß mein irdisch Ohr
Nicht fähig ist den zarten Laut zu fassen!
Mich hört sie; denn ihr Auge spricht,
Die Stirne denkt; - sie denkt gewiß."

Ja, es stimmte. Die Statue bewegte sich langsam, sehr langsam. So mechanisch wie die Vogelautomaten im Käfig, bevor die Schöne sie befreit hatte. Aber indem sie von ihrem Sockel heruntersprang, wurde das Standbild lebendiger. Es war ein neues Wunder, eine weitere Gaukelei des verwunschenen Schlosses und seines unheimlichen Bewohners. Aber:

"Ist nicht in jedem Baum ein Geist enthalten?
Warum nicht auch ein Geist
In dieser schönsten aller menschlichen Gestalten?
Hat nicht Prometheus seinen Ton
Durch einen Feuerfunken
Zum Leben angefacht?
Hat nicht der Juno Sohn,
Hephästos, Red' und Weisheit
In ein gegoßnes Bild gebracht?
Hat nicht Deukalion
Aus ungeformten Steinen
Ein Volk hervorgebracht? - -"

Mit großer Geste winkte das mit edlen Zügen fein gemeißelte Standbild seinen steinernen Genossinnen und Genossen, die leichtfüßig auf dem Rasen tanzten und sich zu einer Spielschar formten. Eine lehrreiche getanzte Pantomime wollten sie aufführen: den aus der Antike bekannten Mythos von Amor und Psyche. Sie hießen die Schöne sich in das Gras setzen, und das

Spiel konnte beginnen.

Psyche, von der schönsten der Statuen personifiziert (und die Schöne mußte sich eingestand, daß sie ihr ein wenig ähnlich sieht), war die jüngste von drei Töchtern eines weisen Stadtkönigs. Die Menschen begannen ihre überirdische Schönheit mit Venus zu vergleichen, und das forderte die in ihrer Eitelkeit gekränkte Göttin der Liebe, die sich einzig dünkte, heraus. Erzürnt schickte sie Amor, ihren geflügelten Sohn, die Schönheit zu bestrafen: Entweder niemanden oder, besser noch, den geringsten aller Sterblichen sollte Psyche lieben müssen. Das sollte ihr eine Lehre sein, eine Göttin mit ihrer Schönheit zu beleidigen. Tatsächlich begehrte niemand Psyche zur Ehe. Der König, darüber unglücklich, ließ das Orakel des milesischen Apollo befragen. Der verkündete schreckliches Unglück:

"König, stellt die Maid auf des Berges ragenden Gipfel,

Prangend im Schmucke der Braut sei sie dem Tode geweiht."

Der König verstand nicht, was dies sollte. Das Orakel führte das Rätsel aus und prophezeite ihm ein Ungeheuer wie Otterngezücht, einen geflügelten Drachen zum Schwiegersohn. Ein Drache? Und dann auch noch geflügelt? Aber dem göttlichen Orakel durfte man nicht widersprechen, um es nicht zu erzürnen, so brachte man Psyche in einer Begräbnisprozession - denn das Orakel bedeutete ja soviel wie ihren Tod - und unter Wehklagen auf den beschriebenen Felsgipfel. Wie sie da ihr Schicksal erwartete, trug sie ein sanfter Wind von der Bergklippe herunter und legte sie im Tal in den blumigen Schloß eines weichen Rasens nieder. Dort gewahrte sie einen prächtigen Palast, doch als sie ihn betrat, wurden ihr zwar alle Wünsche erfüllt, aber es war niemand zu sehen und sie vereinsamte. Erst spät in der Nacht erschien jedesmal ein Unsichtbarer und teilte ungefragt das Lager mit ihr, bevor er sie im Morgengrauen wieder verließ. So vergingen die Tage in Einsamkeit und die Nächte mit dem unbekannten Unsichtbaren. Der Schönen ward die Bleibe zu einem goldenen Gefängnis, und es verlangte sie nach Gesellschaft in Person ihrer zwei Schwestern. Nur widerwillig gab ihr nächtlicher Gemahl dazu seine Einwilligung, doch sollte Psyche nicht auf das Geschnatter der beiden anderen Frauen hören, nicht nach seiner wirklichen Gestalt und nicht nach seiner wahren Identität forschen. Endlich trafen die Schwestern ein, staunten über die Pracht des Palastes und ließen sich reich beschenken. Auf ihre neugierige Rückfrage gab Psyche eine ausweichende Antwort und beschrieb ihren Bräutigam als einen strahlenden Jüngling mit lockigem Haar, der jedoch meistens außer Haus und auf Jagd sei. Augenblicklich stellte sich bei den Schwestern Neid ein - und sie beschlossen, der Schönen die Freude zu vergällen. In der Nacht warnte der unbekannte Gemahl Psyche erneut vor der Weiber Niedertracht: "Denn wisse, du trägst ein Kindlein - ein göttliches, wenn du unser Geheimnis schweigend wahrst, ein sterbliches, wenn du's verrätst." Als die Schwestern am nächsten Tag wiederkamen und sich nach dem Befinden des Gemahls erkundigten, beschrieb ihn Psyche, deren Verstand etwas beschränkt war und die daher nicht mehr wußte, was sie am Vortag erzählt hatte, als einen Großkaufmann gesetzteren Alters. So, so, dachten die Schwestern und beschlossen, die Unsicherheit der Schönen in bezug auf ihren Bräutigam beim dritten Besuch weidlich auszunutzen. Nein, nein, behaupteten sie und zitierten das Orakel, ihr seltsamer Bettgenosse, der ihr nur in der Dunkelheit der Nacht beiwohne, sei in Wahrheit kein Jüngling oder Kaufmann mittleren Alters, sondern ein großer, ungeheurer Drache, in verschlungenen Ringen einherkriechend, triefend von Blut und tödlichem Gifte und gräßlich, mit weitem, aufgerissenem, unergründlichem Rachen - nichts anderes als das geflügelte Drachenungeheuer, welches das Orakel prophezeit habe, das nur darauf lauere, sie und das Neugeborene zu fressen. Psyche ließ sich auch wirklich beschwatzen und erwartete ihren Bräutigam in dieser Nacht mit einem scharfen Messer bewaffnet. Im Schein einer Öllampe erblickte sie jedoch nicht das erwartete Monstrum, sondern "das holdeste und süßeste aller Ungeheuer, Gott Amor selbst". Vor Schreck glitt Psyche der Dolch aus den Händen, und das war erst der Beginn weiteren Mißgeschicks. Zuerst ritzte sie sich an einem Liebespfeil aus Amors Köcher, dann goß sie das siedende Öl aus ihrem Lämpchen auf seine Schulter. Mit schmerzverzerrtem Gesicht sprang der also gepeinigte Gott auf. Er hatte Psyche vor der Weisung seiner rachdurstigen Mutter verschonen wollen, doch seine Warnung war in den Wind gesprochen. Nun blieb ihm nur noch die Flucht. Venus sperrte ihren ungehorsamen, kranken Sohn zur Strafe gleich ein und machte ihm bittere Vorwürfe, daß er ihre erklärte Feindin zur Schwiegertochter hatte machen wollen. Sie ließ Psyche, die sich, in Liebe entbrannt, auf die Suche nach Amor begeben hatte, von Merkur einfangen und erst einmal von ihren Mägden "Kummer" und "Herzeleid" kräftig foltern. Viermal stellte sie das Mädchen auf die Probe, doch Psyche wuchs über sich hinaus und löste die unmöglichen Aufgaben mit Bravour. Erst bei der Lösung der letzten Aufgabe unterlief ihr ein kleiner Fehler. Unvorsichtig öffnete sie eine aus dem Totenreich Proserpinas besorgte Büchse mit Schönheitssalbe und sank in einen todesähnlichen Schlaf. Glücklicherweise war Amor, nachdem die Brandwunde, die ihm Psyche beigebracht hatte, geheilt war, rechtzeitig zur Stelle und erweckte die Geliebte mit einem Kuß. Dann suchte er seinen Ziehvater Jupiter auf und bat ihn um Hilfe. Der war einverstanden und verpflichtete ihn vor der rasch auf dem Olymp zusammengetrommelten Göttermannschaft zur rechtmäßigen Ehe mit der geliebten Psyche, die solcherart in den Kreis der Unsterblichen aufgenommen wurde. Auch die Schwiegermama war's zufrieden. Als Venus ihr Enkelkind war, beruhigte sie sich. Die kleine Tochter, die aus der Ehe der Verliebten hervorgegangen war, erhielt den Namen "Voluptas" (Lust).

Als das Spiel zu Ende war, wurden die Statuen wieder zu Stein. Die Darbietung hatte die Zuschauerin zu Tränen gerührt. Das Wunderbare war hier im Schloß des Ungeheuers allgegenwärtig und der Schönen zum Alltag geworden. Als sie sinnend durch Spiegelkabinett streifte, sah sie wieder das Bild eines Mannes. War es der Prinz - oder war es der Vater? Sie vermochte es nicht genau zu sagen, weil das Spiegelbild schon wieder verschwunden war. Sie nahm an, es handle sich um den Vater, der sie so vermißte.

Abends, pünktlich um neun, schilderte sie dem Tier, was sie gesehen hatte. Das Spiel der belebten Statuen sei zwar unwirklich, nur die Tränen, die Tränen seien echt gewesen.

"Weißt du, was das ist, echte Liebe, Schöne?" fragte das Tier.

"Ich habe angenommen, ich wüßte es, aber jetzt . . ."

"Versprich mir, daß du mich nie verläßt." Das Tier sah ihr tief in die Augen. "Du bist so unglücklich, Schöne", stellte das Biest mit einem Anflug von Bitterkeit fest, als es ihr eine weitere rote Rose reichte.

"Ich bin nicht unglücklich. Und ich würde dir dieses Versprechen auch gerne geben und es bei meiner jungfräulichen Ehre halten. Aber ich vermisse meine Geschwister. Dabei sind sie doch so hilflos. Sie sind verloren ohne mich. Sie alle haben zwei linke Hände. So viele linke Hände kann es gar nicht geben, wie meine Schwestern und Brüder sie haben. Zuerst hat mich ihre ewige Quengelei genervt, aber jetzt fehlen sie mir. Sie werden sich auch um mich sorgen. Vor allem aber . . ." Die Schöne stockte.

"Vor allem aber?" half das Ungeheuer nach.

"Vor allem sehne ich mich nach dem Vater. Ich sehne mich so sehr nach ihm, daß ich vor Schmerzen sterben würde, wenn Ihr mir die kleine Freude, ihn recht bald wiederzusehen, verwehren würdet."

Das Ungeheuer schien bedrückt.

"Sag mir, Tier, wie lange bin ich jetzt hier? Ich habe aufgehört, die Tage zu zählen. Es kann noch nicht sehr lange sein, trotzdem kommt es mir wie eine Ewigkeit vor."

"Nach unserer Zeit hast du wirklich nur Tage hier verbracht, aber nach menschlichem Zeitmaß ist schon ein Jahr vergangen."

"Ein Jahr? Ein ganzes Jahr?" Die Schöne konnte es nicht begreifen. "O Tier, ich möchte meine Familie gar zu gerne wiedersehen. Nur ein einziges Mal. Könnt Ihr diesen Wunsch nicht verstehen?"

Das Tier wich ihrem flehenden Blick aus. Die Schöne hörte ein trauriges Winseln.

"Lieber will ich selbst sterben, als dir Kummer bereiten. Du weißt es: Ich kann dir nichts abschlagen, Schöne, selbst wenn es mich das Leben kosten würde."

"Euer Leben?"

"Ich würde vor Gram sterben, wenn du nicht zurückkehren würdest."

"Laßt mich nur für zwei Monate von hier weg. Ich verspreche hoch und heilig, zu dir zurückzukehren und für den Rest meines Lebens zu bleiben."

"Du wirst zurückkehren?" Mißtrauen lag in den Zügen des Ungeheuers. "Warum willst du zurückkommen?"

"Weil ich Euch mein Wort gegeben habe."

Das Ungeheuer seufzte sein Einverständnis. "Du kannst gehen. Aber erinnere dich an dein Versprechen, wenn die zwei Monate vergangen sind. Bedenke es wohl. Andernfalls würde dein ergebenes Tier vor Kummer vergehen und sterben. Du brauchst kein Pferd, um zu mir zurückzufinden." Er zog einen Ring aus der Tasche und steckte ihn ihr an den Finger, als wolle er eine Verlobung besiegeln. "Trage nur immer diesen Ring. Wenn du ihn drehst und wünschst, mich zu sehen, wirst du wieder hier bei mir sein." Die Schöne nahm den Ring und untersuchte ihn.

"Liebst du mich, Schöne? Willst du mich heiraten?"

Es war die vertraute Frage, und die Schöne folgte der Macht der Gewohnheit und gab die gleiche verneinende Antwort. Traurig erhob sich das Ungeheuer. Als es schon im Türrahmen stand, drehte es sich noch einmal nach der Schönen um: "Nimm vier Koffer und fülle sie mit allem, wonach dein Herz verlangt, mit allen Geschenken, mit denen du deine Lieben daheim beglücken willst." Waren die Augen der Bestie nicht wäßrig? Irgend etwas trieb die Schöne aufzuspringen und die Bestie hinter dem Ohr zu kraulen. Aber sie wagte nicht, dem Verlangen nachzugeben. Statt dessen redete sie sich ein, sie habe sich getäuscht. Schließlich war das Licht im Raum fahl.

"Leb wohl", sagte das Tier, und es klang wie ein Abschied für immer.

Die Schöne tat, wie ihr geheißen wurde, und die Arbeit des Kofferpackens wollte nicht enden. So viele herrliche Dinge gab es, die sie ihren Lieben daheim mitnehmen wollte, goldgestickte und reich mit Diamanten geschmückte Kleider für die Schwestern, auch Gewänder für die Herren Brüder. Dem leidenden Vater aber, ihm wollte sie sich selbst darbringen. Ihm wollte sie selbst das kostbarste Geschenk ein. Schließlich nahm sie noch das geliebte Märchenbuch der Brüder Grimm aus der Bibliothek und verschloß auch das Medaillon in einer kleinen Kiste.

In der Nacht erschien ihr wieder der Prinz: "Warum verläßt du mich?"

"Ich verlasse dich nicht. Ich will nur auf zwei Monate nach Hause zu meiner Familie. Im Heim meines Vaters kann ich genausogut von dir träumen."

Der Gesichtsausdruck des Prinzen verriet Skepsis.

"Du mußt keine Angst haben. Ich werde dich schon nicht vergessen. Außerdem habe ich ihm versprochen zurückzukommen, denn sonst würde es vor Gram vergehen und sterben."

"Ihm? Wer ist es, dem du solches versprochen hast?"

"Das Tier! Das Tier ist es!"

"Bedeutet dir dieses Tier denn so viel? Ist es dir so ans Herz gewachsen, daß du immerzu daran denken mußt?"

"Es wäre undankbar von mir, wenn ich mein Versprechen nicht halten würde. Das Ungeheuer war so freundlich zu mir, und auch wenn ich nicht weiß, was es dir angetan hat, so könnte ich ihm doch kein Leid zufügen. Es ist nicht seine Schuld, daß es so häßlich ist."

SEHNSUCHT NACH DEM TIER

Als die Schöne erwachte, war sie nicht mehr in ihrem Gemach im Schloß. Statt dessen fand sie sich in ihrem alten Zimmer. Im Zimmer der Villa, die die Familie ursprünglich besessen hatte, bevor sie sie unfreiwillig hatte räumen müssen, und die jetzt wieder ihr Eigentum war. Nur teilte sie dieses Zimmer jetzt - mit ihren Schwestern. War das eine neue Tollheit? Ein anderer Trugbild, welches das Schloß aus den Tiefen ihres Unterbewußtseins geholt hatte?

Da wachten auch Isabelle und Bettina auf. Noch ganz schlaftrunken rieben sie sich die Augen und mochten dem, was sie sahen, nicht glauben. Da war ihre Schwester. Mit Mühe unterdrückten sie einen Schrei. Wie war sie nur über Nacht hierhergekommen? Und bei sich hatte sie vier gewaltige Koffer. Gleich, noch bevor sie die Schöne umarmten, stürzten sie sich darauf und öffneten sie. Was für erfreuliche Sachen waren darin verstaut! Nachdem sie sich fürs erste satt gesehen hatten, wandten sie sich an die aus der unheimlichen Fremde heimgekehrte Schwester: "Sag, Belle, wir haben dich gar nicht kommen hören. Du hättest wenigstens vorher schreiben können." Sie hielten sich Kleider vor die Bäuche: "Und diese kostbaren Geschenke, diese wunderbaren Kleider, auch die Edelsteine und das Parfüm, soll das alles für uns sein? Nicht wahr, es ist doch für uns?!" Die Begeisterung verschlug ihnen regelrecht den Atem.

Beim Frühstück hatte die Schöne natürlich viel zu erzählen: von den unendlichen Wundern und Reichtümern des Schlosses und von dem Ungeheuer, das sie jede Nacht fragte, ob sie es liebe und seine Gemahlin werden wolle.

"Ein Ungeheuer heiraten?" Isabelle sah ihre Schwester entgeistert und mit einem leichten Ekel im Gesicht an. "So etwas solltest du besser nicht tun, Belle. Ungeheuer haaren für gewöhnlich und sind auch sonst nicht pflegeleicht. Sie krümeln und machen viel Dreck im Haus. Du kannst dir gar nicht vorstellen, wie froh ich bin, daß wir kein Haustier haben - und das soll gefälligst auch so bleiben."

"Stimmt", pflichtete Bettina ihrer Schwester bei. "Du solltest es nicht tun, Schöne, gleich welche Kostbarkeiten dir auch als Lohn für den unmöglichen Liebesdienst geboten werden. Du würdest dich nur gegen die heilige Mutter Kirche und gegen das Gebot der Keuschheit versündigen, das du doch stets in Ehren gehalten hast. Womöglich ist dein Tier nur ein höllischer Drache und will dich im ersten Augenblick, da du unachtsam bist, fressen. Du hattest doch gleich von Anfang an Angst, daß es dich verschlingen könnte, das Untier. So ist es doch, Schöne? Aber jetzt wollen wir die Koffer genauer untersuchen. Dürfen wir? Ich kann dir ja gar nicht sagen, wie neugierig ich auf den Inhalt der Koffer bin."

"Geht nur. Dafür habe ich es ja mitgebracht."

Als sie aus dem Zimmer waren, drückte die Schöne liebevoll des Vaters Hände, die von der Gicht verunstaltet waren.

"Ich bin so dankbar, daß du gekommen bist, uns zu besuchen", freute sich der Vater und kämpfte mit den

Tränen der Rührung. "Wie habe ich mein Tun damals bereut, wie oft habe ich gewünscht, wir alle wären wieder zusammen. Zwar haben wir unser altes Haus zurück, aber es war nicht mehr dasselbe, seit du nicht mehr hier bist."

"Jetzt sei doch nicht unglücklich, Vater. Du hast doch immer gesagt, daß sich am Ende alles zum Guten wenden wird. Und sieh: ich bin noch am Leben. Es geht mir gut. Ich habe alles, wonach mein Herz sich sehnt. Ich leide keinen Hunger und habe keine Not."

"Alles?" Vaters Tonfall war eindringlich. "Ich sehe doch, wie bedrückt du bist."

Die Schöne senkte den Kopf und atmete aus: "Du hast recht, Vater. Jede Nacht verfolgt mich ein gar seltsamer Traum, seit ich von euch fort bin. In diesem Traum finde ich mich auf einer Lichtung im Wald, an einem Bach. Dort besucht mich regelmäßig ein junger Prinz. Er liebt mich so sehr, und ich - ich liebe das Traumbild auch. Aber der Prinz ist unglücklich, weil er nicht an die Aufrichtigkeit meines Herzens, an die Ehrlichkeit meiner Liebe glaubt. Ich merke, daß ihm das Herz schier brechen will. Vater, wie würdest du diesen Traum deuten?"

"Dieser Traum kommt aus dem Herzen, nicht aus dem Verstand. Vielleicht steht der Prinz in einem engen Zusammenhang mit dem Tier und will dir nur sagen, daß es die garstige Bestie ist, die die Schönheit so leidenschaftlich liebt, so heiß und innig, und darüber trauert, daß sich ihm die Geliebte entzieht."

"So gaukelt mir mein Herz aber einiges vor. Es zeigt mir im Traume einen stattlichen Prinzen, aber was ich tagsüber sehe, ist das häßlichste aller Monster. Wie geht das nur zusammen?"

"Vielleicht hängt es damit zusammen, daß dein Herz anders empfindet und durch die abschreckende Fassade hindurchsieht wie durch ein Wesen aus Glas."

Die Geschwister wühlten noch immer in den unerschöpflichen Koffern. Dabei fanden sie auch die kleine Kiste mit dem Medaillon.

Bettina hielt den schimmernden Anhänger vor ihr Gesicht: "Oh, Schöne, was für ein wunderbares Medaillon! Und was für ein sympathischer junger Mann, der darin abgebildet ist! Ist das Schmuckstück für mich bestimmt? Du hast es doch sicher für mich mitgebracht, nicht wahr? So sag schon. Du selbst lehnst ja Kleinod wie dieses ab."

"Nein, nein!" schrie die Schöne aufgebracht und riß ihrer Schwester das Kleinod aus der Hand. "Alles, alles könnt ihr haben. Nur das eine nicht. Das ist meins, und ich würde es für nichts in der Welt hergeben oder eintauschen."

Bettina bekam den Mund nicht zu. So aufgebracht hatte sie die Schöne ja noch nie erlebt. Das mußte ein ganz besonderer Anhänger sein und nicht so ein billiger Tand. Diesen Anhänger mußte sie unbedingt haben. Um jeden Preis. Und wenn ihn die Schwester nicht freiwillig hergeben wollte, dann . . .

Am Abend blätterte die Schöne in dem herrlichen, dickleibigen Märchenbuch, das sie aus dem Schloß mitgenommen hatte. Diesmal wählte sie die Geschichte vom "Singenden springenden Löweneckerchen":

"Es war einmal ein Kaufmann, der hatte eine große Reise vor, und beim Abschied fragte er seine drei Töchter, was er ihnen mitbringen sollte. Da wollte die älteste

Perlen, die zweite wollte Diamanten, die dritte aber sprach 'lieber Vater, ich wünsche mir ein ein klinkesklankes Laub oder besser noch: ein singendes springendes Löweneckerchen.' Der Vater sagte 'ja, wenn ich es kriegen kann, sollst du es haben', küßte alle drei und zog fort.

Als nun die Zeit kam, daß er wieder auf dem Heimweg war, so hatte er Perlen und Diamanten für die zwei ältesten gekauft, aber das singende springende Löweneckerchen für die jüngste hatte er umsonst allerorten gesucht. Denn niemand wußte, was das überhaupt sein sollte. Das tat ihm leid, denn die Jüngste war sein liebstes Kind. Da führte ihn der Weg durch einen Wald, und mitten darin war ein prächtiges Schloß, und nah am Schloß stand ein Baum, ganz oben auf der Spitze des Baumes aber sah er ein Löweneckerchen singen und springen. 'Ei, du kommst mir gerade recht', sagte er ganz vergnügt und rief seinem Diener, er sollte hinaufsteigen und das Tierchen fangen. Wie er aber zu dem Baum trat, sprang ein Löwe darunter auf, schüttelte sich und brüllte, daß das Laub an den Bäumen zitterte, und wollte dem Kaufmann ans Leder. 'Wer mir mein singendes springendes Löweneckerchen stehlen will', rief er, 'den fresse ich auf.' Da sagte der Mann 'ich habe nicht gewußt, daß der Vogel dir gehört: ich will mein Unrecht wieder gutmachen und mich mit schwerem Golde loskaufen, laß mir nur das Leben.' Der Löwe sprach 'dich kann nichts retten, als wenn du mir zu eigen versprichst, was dir daheim zuerst begegnet; willst du das aber tun, so schenke ich dir das Leben und den Vogel für deine Tochter obendrein.' Der Mann aber weigerte sich und mochte mit dem Löwen nicht handelseinig werden. Er zögerte und sprach 'das könnte meine jüngste Tochter sein, die hat mich am liebsten und läuft mir immer entgegen, wenn ich nach Haus komme.' Dem Diener aber war angst und er sagte 'muß Euch denn gerade Eure Tochter begegnen, es könnte ja auch eine Katze oder ein Hund sein.' Da ließ sich der Kaufmann überreden, nahm das singende springende Löweneckerchen und versprach dem Löwen zu eigen, was ihm daheim zuerst begegnen würde.

Wie er daheim anlangte und in sein Haus eintrat, war das erste, was ihm begegnete, weder eine Katze noch ein Hund, sondern niemand anders als seine jüngste, liebste Tochter; die kam gelaufen, küßte und herzte ihn, und als sie sah, daß er ein singendes springendes Löweneckerchen mitgebracht hatte, traten ihr die Augen aus den Höhlen. 'Wahnsinn!' sagte sie und war ganz außer sich vor Freude. Der Vater aber konnte sich nicht freuen, sondern fing an zu weinen und sagte 'mein liebstes Kind, den kleinen Vogel habe ich teuer gekauft, ich habe dich dafür einem wilden Löwen versprechen müssen, und wenn er dich hat, wird er dich zerreißen und fressen', und erzählte ihr da alles, wie es zugegangen war, und bat sie, nicht hinzugehen, es möchte auch kommen, was da wollte. Sie tröstete ihn aber und sprach 'liebster Vater, was Ihr versprochen habt, muß auch gehalten werden: ich will hingehen und will den Löwen schon besänftigen, daß ich wieder gesund zu Euch komme.'

Am andern Morgen ließ sie sich den Wald zeigen, nahm Abschied und ging getrost in den Wald hinein."

Wie seltsam! dachte die Schöne. Welche Parallelen zu ihrem eigenen Schicksal!

"Als die jüngste Tochter nun ins Schloß kam, da fand sie, daß der Löwe nur bei Tag ein abartiges Monstrum war, und mit ihm wurden alle seine Leute Löwen, in der Nacht aber, wenn kein Mensch auf die Straße ging, hatten sie ihre natürliche menschliche Gestalt wieder. Bei ihrer Ankunft ward sie freundlich empfangen und in das Schloß geführt. Als die Nacht kam, entpuppte sich der Löwe als hochgewachsener, schöner Königssohn, der ihr ausnehmend gut gefiel. Schon bald ward die Hochzeit mit Pracht gefeiert. Sie lebten vergnügt miteinander, wachten in der Nacht und schliefen am Tag."

Wehmütig fiel der Blick der Schönen auf die Miniatur des Prinzen in dem Anhänger, und atemlos las sie weiter:

"Zu einer Zeit kam er und sagte 'morgen ist ein Fest in deines Vaters Haus, weil deine älteste Schwester sich verheiratet, und wenn du Lust hast hinzugehen, so sollen dich meine Löwen hinführen.' Da sagte sie ja, sie möchte gern ihren Vater wiedersehen, fuhr hin und ward von den Löwen begleitet. Da war große Freude, als sie ankam, denn sie hatten alle geglaubt, sie wäre von dem Löwen zerrissen worden und schon lange nicht mehr am Leben. Sie erzählte aber, was sie für einen schönen Löwenmann hätte, und wie gut es ihr ginge, und blieb bei ihnen, solang die Hochzeit dauerte, dann fuhr sie wieder zurück in den Wald. Wie die zweite Tochter heiratete, waren natürlich alle auf ihren Gatten neugierig geworden. Wieder war sie zur Hochzeit eingeladen, und so sprach sie zum Löwen 'diesmal will ich nicht allein, du mußt mitgehen und dich allen zeigen.' Der Löwe aber sagte, das wäre zu gefährlich für ihn, denn im Dunkeln sei zwar gut munkeln, aber wenn ihn dort der Strahl eines brennenden Lichts berührte, so würde er in eine Taube verwandelt und müßte sieben Jahre lang mit den anderen Tauben um die Wette fliegen.

'Ach', sagte sie, 'geh nur mit mir: ich will dich schon hüten und vor allem Licht bewahren.' Also zogen sie zusammen und nahmen auch ihr kleines Kind mit. Sie ließ dort einen Saal mauern, so stark und dick, daß kein Strahl durchdringen konnte, darin sollt er sitzen, wenn die Hochzeitslichter angesteckt würden. Die Tür aber war von frischem Holz gemacht, das sprang und bekam einen kleinen Ritz, den kein Mensch bemerkte. Nun ward die Hochzeit mit Pracht gefeiert, wie aber der Zug aus der Kirche zurückkam mit den vielen Fackeln und Lichtern an dem Saal vorbei, da fiel ein haarbreiter Strahl auf den Königssohn, und wie dieser Strahl ihn berührt hatte, in dem Augenblick war er auch verwandelt, und als sie hineinkam und ihn suchte, sah sie ihn nicht, aber es saß da eine weiße Taube."

So was Dummes aber auch! dachte die Schöne. Mußte diese Frau denn auch so ungeschickt sein?!

"Die Taube sprach zu ihr 'sieben Jahre muß ich in die Welt fortfliegen: alle sieben Schritte aber will ich einen roten Blutstropfen und eine weiße Feder fallen lassen, die sollen dir den Weg zeigen, und wenn du der Spur der Zusammengehörigkeit folgst, kannst du mich erlösen.'

Da flog die Taube zur Tür hinaus, und sie folgte ihr nach, und alle sieben Schritte fiel ein rotes Blutströpfchen und ein weißes Federchen herab und zeigte ihr den Weg. So ging sie immerzu in die weite Welt hinein und schaute nicht um sich und ruhte sich nicht, und waren fast die sieben Jahre herum: da freute sie sich und meinte, sie wären bald erlöst, und war noch so weit davon. Einmal, als sie so fortging, fiel kein Federchen mehr und auch kein rotes Blutströpfchen, und als sie die Augen aufschlug, so war - o Schreck! - die Taube verschwunden. Und weil sie dachte 'Menschen können dir da nicht helfen', so stieg sie zur Sonne hinauf und sagte zu ihr 'du scheinst in alle Ritzen und über alle Spitzen, hast du keine weiße Taube fliegen sehen?' - 'Nein', sagte die Sonne, 'ich habe keine gesehen, aber da schenk ich dir ein Kästchen, das mach auf, wenn du in großer Not bist.' Da dankte sie der Sonne und ging weiter, bis es Abend war und der Mond schien, da fragte sie ihn 'du scheinst ja die ganze Nacht und durch alle Felder und Wälder, hast du keine weiße Taube fliegen sehen?' - 'Nein', sagte der Mond, 'ich habe keine gesehen, aber da schenk ich dir ein Ei, das zerbrich, wenn du in großer Not bist.'"

"Sie dankte dem Mond und ging weiter, bis der Nachtwind herankam und sie anblies: da sprach sie zu ihm 'du wehst ja über alle Bäume und unter allen Blättern weg, hast du keine weiße Taube fliegen sehen?' - 'Nein', sagte der Nachtwind, 'ich habe keine gesehen, aber ich will die drei andern Winde fragen, die haben sie vielleicht gesehen.'

Der Ostwind und der Westwind kamen und hatten nichts gesehen, der Südwind aber sprach 'die weiße Taube habe ich gesehen, sie ist zum Roten Meer geflogen, da ist sie wieder ein Löwe geworden, denn die sieben Jahre sind herum, und der Löwe steht dort im Kampf mit einem Lindwurm, der Lindwurm ist aber eine verzauberte Königstochter.' Da sagte der Nachtwind zu ihr 'ich will dir Rat geben, geh zum Roten Meer, am rechten Ufer, da stehen große Ruten, die zähle, und die elfte schneid dir ab und schlag den Lindwurm damit, dann kann ihn der Löwe bezwingen, und beide bekommen auch ihren menschlichen Leib wieder. Hernach schau dich um, und du wirst den Vogel

Greif sehen, der am Roten Meer gelegentlich brütet, schwing dich mit deinem Liebsten auf seinen Rücken - und dann ab die Post! Der Vogel wird euch übers Meer nach Haus tragen. Da hast du auch eine Nuß. Wenn du mitten über dem Meere bist, laß sie herabfallen, alsbald wird sie aufgehen, und ein großer Nußbaum wird aus dem Wasser hervorwachsen, auf dem sich der Greif ausruht: und könnte er nicht ruhen, so wäre er nicht stark genug, euch hinüberzutragen: und wenn du vergißt, die Nuß herabzuwerfen, so läßt er euch ins Meer fallen. Das aber wäre bestimmt nicht der Sinn der Sache.'

Da ging sie hin und fand alles, wie der Nachtwind gesagt hatte. Sie zählte die Ruten am Meer und schnitt die elfte ab, damit schlug sie den Lindwurm, und der Löwe bezwang ihn: alsbald hatten beide ihre menschlichen Leib wieder. Aber wie die schwarzhaarige Königstochter, die vorher ein grüner Lindwurm gewesen war, vom Zauber frei war, fand sie Gefallen an dem Jüngling, der ihr gegenüberstand. Sie nahm ihn in den Arm, setzte sich auf den Vogel Greif und führte ihn mit sich fort. Da stand die arme Weitgewanderte und war wieder verlassen und hatte das Nachsehen. Betrübt setzte sie sich nieder und weinte bitterlich."

Das war ja eine komische Wendung, überlegte die Schöne. Die jüngste Kaufmannstochter und der Königssohn waren doch füreinander bestimmt gewesen, und auch ein Kind hatten sie miteinander. Wie konnte sich da eine andere einmischen? Sie mochte eigentlich gar nicht mehr weiterlesen, so wenig behagte ihr dieser Einfall des Dichters, und warf das Buch zornig in die Ecke. Ganz fest umklammerte sie das Medaillon, um den Prinzen nicht ebenso zu verlieren wie die

Geschlechtsgenossin in dem Märchen. Dann aber war sie doch wieder neugierig geworden, hob es auf, strich die Seiten glatt und las unter dem Schein einer Kerze weiter:

"Endlich aber ermutigte sie sich und sprach 'ich will noch so weit gehen, als der Wind weht, und so lange, als der Hahn kräht, bis ich ihn finde.' Und ging fort, lange lange Wege, bis sie endlich zu dem Schloß kam, wo beide zusammen lebten: da hörte sie, daß bald ein Fest wäre, wo sie Hochzeit miteinander machen wollten. Sie sprach aber 'Gott hilft mir noch' und öffnete das Kästchen, das ihr die Sonne gegeben hatte, da lag ein Kleid darin, so glänzend wie die Sonne selber. Da nahm sie es heraus und zog es an und ging hinauf in das Schloß, und alle Leute und die Braut selber sahen sie mit Verwunderung an; und das Kleid gefiel der Braut so gut, daß sie dachte, es könnte ihr Hochzeitskleid geben, und fragte, ob es nicht feil wäre? - 'Nicht für Geld und Gut', antwortete sie, 'aber für Fleisch und Blut.' - Die Braut fragte, was sie damit meinte. Da sagte sie 'laßt mich eine Nacht in der Kammer schlafen, wo der Bräutigam schläft.' - Die Braut wollte nicht und wollte doch gerne das Kleid haben, endlich willigte sie ein, aber der Kammerdiener mußte dem Königssohn einen Schlaftrunk geben.

Als es nun Nacht war und der Jüngling schon schlief, ward sie in die Kammer geführt. Da setzte sie sich ans Bett und sagte 'ich bin dir nachgefolgt sieben Jahre, bin bei Sonne und Mond und bei den vier Winden gewesen und habe nach dir gefragt und habe dir geholfen gegen den Lindwurm, willst du mich denn ganz vergessen?' Der Königssohn aber schlief so hart, daß es ihm nur vorkam, als rauschte der Wind draußen in den Tannenbäumen. Wie nun der Morgen anbrach, da ward sie wieder hinausgeführt und mußte das goldene Kleid hingeben. Und als auch das nichts geholfen hatte, da ward sie traurig, ging hinaus auf eine Wiese, setzte sich da hin und weinte. Und wie sie so saß, da fiel ihr das Ei noch ein, das ihr der Mond gegeben hatte und das sie beinahe zum Frühstück verspeist hätte: sie schlug es auf, da kam eine Glucke heraus mit zwölf Küchlein ganz von Gold, die liefen herum und piepten und krochen der Alten wieder unter die Flügel, so daß nichts Schöneres auf der Welt zu sehen war. Da stand sie auf, trieb sie auf der Wiese vor sich her, so lange, bis die Braut aus dem Erkerfenster sah, und da gefielen ihr die kleinen Küchlein so gut, daß sie gleich herabkam und fragte, ob sie nicht feil wären. 'Nicht für Geld und Gut, aber für Fleisch und Blut; laßt mich noch eine Nacht in der Kammer schlafen, wo der Bräutigam schläft.' Die Braut sagte 'ja', weil sie den Hals nicht voll genug bekommen konnte, und wollte sie betrügen wie am vorigen Abend. Als aber der Königssohn zu Bett ging, fragte er seinen Kammerdiener, was das Rauschen und Murmeln in der Nacht gewesen sei. Da erzählte der Kammerdiener alles, daß er ihm einen Schlaftrunk hätte verabreichen müssen, weil ein armes Mädchen heimlich in der Kammer geschlafen hätte, und heute nacht sollte er ihm wieder einen geben. Sagte der Königssohn 'gieß den Trank neben dem Bett aus.' Zur Nacht wurde sie wieder hereingeführt, und als sie anfing zu erzählen, wie es ihr traurig ergangen wäre, da erkannte er gleich an der Stimme seine liebe Gemahlin, erinnerte sich an alles, was gewesen, sprang auf und rief 'jetzt bin ich erst erlöst, mir ist gewesen wie in einem Traum, denn die fremde Königstochter hatte mich bezaubert, daß ich dich vergessen mußte, aber Gott hat noch zu rechter Stunde die Betörung von mir genommen.'

Da gingen sie beide in der Nacht heimlich aus dem Schloß, denn sie fürchteten sich vor dem Vater der Königstochter, der ein Zauberer war, und setzten sich auf den Vogel Greif, der trug sie über das Rote Meer, und als sie in der Mitte waren, ließ sie die Nuß fallen. Alsbald wuchs ein großer Nußbaum, darauf ruhte sich der Vogel, und dann führte er sie nach Haus, wo sie ihr Kind fanden, das war groß und schön geworden und hatte seine Eltern auch kein bißchen vermißt, und sie lebten von nun an vergnügt bis an ihr Ende."

Wahre Liebe triumphierte am Ende - wollte man den Märchen Glauben schenken (und wer täte das nicht gerne?) - immer! Sehnsüchtig erwartete die Schöne, daß ihr gewohnter Traum zurückkehrte, und war bald eingeschlafen. Aber der Prinz versagte sich ihr diesmal, und als Isabelle sie am anderen Morgen weckte, fühlte sie, daß ihre Hand leer war. Das Medaillon mit dem Bild des Geliebten war fort. Sie suchte im Bett, warf die Kissen auf den Boden, aber das Bildnis blieb verschwunden. Noch im Halbschlaf murmelte sie und erwähnte in ihrer Verzweiflung den namenlosen Prinzen.

"Unsere Belle!" lachte Isabelle. "Sie hat einen Liebhaber. Wer hätte das gedacht! Willst wohl nicht mehr die Jungfrau spielen und lieber Vernunft annehmen."

"Es ist kein echter Liebhaber, Schwester. Er erscheint mir nur nächtens im Traum."

"Du liebst einen Traumprinzen? Einen Mann, der nur in deiner Phantasie existiert? Hast du so was schon mal gehört, Bettina?" Die andere Schwester kicherte. "Ich meine, kleine Mädchen träumen häufig und bilden sich etwas ein, aber erwachsene Menschen, die können doch nicht mehr an solche Ammenmärchen glauben."

"Ich habe mir den Prinzen nicht eingebildet." Die Schöne stampfte mit dem Fuß auf den Boden, um der Wahrheit Nachdruck zu verleihen.

"Hast du ihn denn einmal in Fleisch und Blut gesehen?"

"Das nicht gerade. Aber ich habe ein Gemälde von ihm gesehen."

"Ein Gemälde?" Isabelle konnte es nicht fassen. "Die Schöne hat sich in ein Gemälde verliebt. O Schöne, die Ereignisse in dem verwunschenen Schloß, sie haben dich verrückt gemacht. Und wenn du zurückkehrst, so wirst du wahrscheinlich geistig umnachtet enden. Möglicherweise gibt es nicht einmal dieses Ungeheuer, und du bildest dir auch dieses nur ein. Du solltest lieber hierbleiben. Hier wirst du wieder gesund werden."

"Nein, das Ungeheuer ist da. Vater hat es auch mit eigenen Augen gesehen. In einer Frist von zwei Monaten muß ich wieder aufs Schloß zurück. Ich hab's fest versprochen."

"Nun, so wollen wir es dir in diesen acht Wochen so komfortabel wie nur möglich machen", lenkte Isabelle ein. "Wie wäre es: Willst du uns heute nachmittag zum Tee bei der Baronesse begleiten?"

"Redet die Baronesse denn wieder mit euch?"

"Aber ja doch. Schließlich haben wir wieder Geld und sind wieder wer. Mit Geld kann man sich alles kaufen, auch Ansehen und Reputation. Das Geld allein ist es, was zählt."

"Sie wird ganz grün im Gesicht werden, die Baronesse,

wenn sie uns alle in unseren teuren Kleidern sieht", grinste Bettina böse. "Das ist doch das Schönste, den Neid anderer zu erwecken. Ich glaube, heut' trag ich wirklich das grüne, damit es hübsch zu ihrer neiderfüllten Gesichtsfarbe paßt."

"Ja", stimmte Isabelle in ihr höhnisches Gelächter ein, "ich kann es auch kaum abwarten, das Gesicht dieser elenden Schreckschraube zu sehen."

Die Schöne musterte ihre Schwestern verächtlich. Die Rückkehr des Wohlstands hatte ihre Geschwister vollends verdorben. Wo aber mochte nur das Medaillon sein? Wo war das Bild des Prinzen abgeblieben?

"Sag, Schöne", schreckte sie Bettina aus ihren Gedanken, "wie meinst du, soll ich mein Haar tragen?"

Oliver kam vorbei, in seinem besten Staat, mit Hut, Handschuhen und einem Spazierstock, der ihm das Aussehen eines Dandys verlieh, aber er hatte keine Zeit. Er mußte dringend in den Club der feinen Pinkel und Herrenreiter. "Haben sie dir denn nicht die Mitgliedschaft in dem Club aufgekündigt?" wunderte sich die Schöne. "Und dann willst du auf einmal wieder dahin?" Oliver zuckte nur die Achseln. Für ihn war die Mitgliedschaft eine Standessache. Dünkel gehörte für einen wie ihn nun einmal dazu, so wie das Salz in die Suppe. Wie leicht ließ sich die Welt nur von Äußerlichkeiten leiten!

Frederick betrachtete sich einstweilen im Wandspiegel.

"Wie findest du mich, Schöne?" fragte er.

Die Schöne besah ihn von allen Seiten, bevor sie wahrheitsgemäß feststellte: "In diesem Rock siehst du aus wie ein Geck, und außerdem ist er zu eng. Ich verstehe nicht: Gerade du bist es doch gewesen, der Oliver immer seiner Kleidung wegen getadelt hat."

Aber Frederick ließ sich nicht beirren. Eitel wie ein Pfau und selbstverliebt in seine Männlichkeit hauchte er sein Spiegelbild an: "Nicht der Rock ist zu eng. Vielleicht habe ich etwas zuviel Gewicht zugelegt. Ich bin zu oft mit meiner Verlobten zusammen, und sie stopft mich mit allen möglichen Leckereien, Kuchen und Süßigkeiten voll, wahrscheinlich weil sie Angst hat, mich sonst an eine andere zu verlieren."

"Du hast dich wieder verlobt, Frederick?"

"Wieso wieder? Es ist immer noch dieselbe Verlobte. Natürlich ist sie zu mir zurückgekehrt, nachdem ich wieder wer war. Ich gehöre, wie du weißt, nicht zu den Wankelmütigen und Unbeständigen im Lande. Was Frauen anbetrifft, bin und bleibe ich" - er ließ das Wort auf der Zunge zergehen wie Butter - "solide." Er sah sie überlegen an. "Sag, findest du wirklich, der Rock ist zu eng?"

Die Schöne ließ ihn vor dem Spiegel stehen und ging die Treppe hinunter. In der Halle warteten mehrere Besucher. Es waren Herren, die danach verlangten, Bettina zu sprechen. So hatte die jüngste Schwester also wieder Gelegenheit, nach Belieben mit dem männlichen Geschlecht zu spielen und die Galane einzeln um den Finger zu wickeln.

Aber wo war nur der kleine Peter geblieben? Die Schöne wollte nach ihm sehen und fand ihn stöhnend im Bett.

"Was hast du, Peter?" fragte die Schöne besorgt. "Bist du etwa krank? Kann ich dir etwas Gutes tun?"

"Nein, nein, liebe Schwester", ächzte der Peter und

schien sich mit Händen und Füßen gegen das freundliche Angebot wehren zu wollen. "Du hast mir schon des Guten zuviel getan. All die leckeren Sachen, die du mir mitgebracht hast. Ich habe zuviel davon gegessen. Und jetzt ist mir ganz schlecht, und ich habe furchtbare Bauchschmerzen."

Es war also die eigene Gier, die den Jungen aufs Bett geworfen hatte. Nun mußte er für die Völlerei büßen. Warum konnte er auch nicht maßhalten?

Alles war wieder beim alten, wie die Schöne feststellen mußte, aber die Herzen der Geschwister schienen sich verhärtet zu haben. Dies war eine Welt, in der die Kraft des Herzens nichts mehr galt, sondern nur noch das Ausmaß der materiellen Güter, die einer besaß. Nicht die Qualität war Trumpf, sondern die Quantität. Die Schöne wußte, daß es eine verkehrte Welt war, aber sie wußte nicht, wie sie die Herzen der Menschen ändern sollte, nicht einmal die Herzen ihrer nächsten Verwandten. Sie wußte nicht einmal, wie sie ihr eigenes in Unordnung geratenes Herz ändern sollte. Sie sehnte sich nach einer Schulter, an die sie sich lehnen konnte, aber alle wollten sich immer nur bei ihr ausweinen und mißgönnten ihr das Recht auf eigenes Glück.

"Bestellt der Baronesse", beschied die Schöne Bettina, "daß ich noch zu müde bin von meiner Reise, daß ich für die Einladung zwar herzlich danke, aber sie nicht annehmen kann. Gewiß werde ich sie später besuchen."

"Aber willst du denn nicht auch so ein schönes Kleid tragen und die anderen Frauen vor Neid erblassen lassen?" staunte Bettina, die ein schlechtes Gewissen hatte.

Etwas drückte ihr auf der Brust.

"Vielleicht ist es besser so", unterbrach Isabelle. "Merkst du nicht, worauf Belle aus ist? Sie will sich nur interessanter machen, indem sie sich rar macht. Um so mehr werden sich die Leute hinterher das Maul zerreißen. Als Dame muß man auch geheimnisvoll sein können und voller Rätsel. Danach sind die Kerle ganz verrückt. So gehen sie einer Frau am schnellsten auf den Leim."

"Du sprichst es aus, Isabelle." Die Stimme der Schönen klang zynisch. "Und drehst mir die Worte im Munde um." Hier wurden ihre romantischen Empfindungen mit Füßen getreten. Sie hatte den Draht zu ihrer Familie seit dem Aufenthalt im Schloß verloren und damit auch den Draht zu ihrer Kindheit, deren unschuldige Tage für immer vorbei waren. Sie war jetzt fürwahr erwachsen geworden, den Ihren entfremdet und mochte keine Jungfer mehr sein.

Bettina war wild entschlossen, unter den Männern, die auf sie warteten, auch ein paar Körbe zu verteilen. Auch sie wollte geheimnisvoll sein. Und beinahe hätte Isabelle die Einladung der Baronesse zum Tee abgesagt, aber sie war doch zu neugierig auf das Gesicht der anderen.

Aber zum erstenmal faßte einer der Freier, die auf die Töchter und damit die Mitgift des Vaters aus waren, den Mut, um die Schöne zu werben. Es handelte sich um Caspar. Caspar war ein reichlich ungehobelter Geselle, der keinerlei Manieren hatte und Sachverstand sowieso nicht und ein Gesicht, das so aufgeschwemmt war, als verdrücke er jeden zweiten Tag ein halbes Fäßchen Sauerkraut, was auch fast der

Wahrheit entsprach. Dafür war er jedoch frech genug, um sich auf herkömmliche Weise nicht abspeisen zu lassen. So schnell mochte dieser "Kasper" Caspar nicht aufgeben.

Kaum, daß die Schöne das Haus verließ, um Wäsche auf die Leine zu hängen, da lungerte er auch schon im Hof herum, machte ein Bäuerchen und grüßte sie mit einem gemeinen Grinsen: "Nun, schönes Fräulein, wie ist das werte Befinden?"

Die Schöne nickte ihm flüchtig zu, aber die eisige Kälte, mit der sie ihm und anderen Männern mit Ausnahme des Vaters begegnete, schreckte einen wie Caspar nicht. Zwar mochte sie jetzt keine Jungfrau mehr sein, aber für diese Laffen würde sie niemals Zeit haben. Ja, wenn es der Vater gewesen wäre. Für so einen Mann wie ihn hätte sie immer Zeit aufgebracht.

Caspar kam ihr nachgestiefelt und fragte, ob er den Wäschekorb für sie halten dürfe. Ohne eine Antwort abzuwarten, nahm der "Kavalier" ihr die Last aus den Händen und fing an, die langweiligsten Anekdoten zu erzählen, die sie je gehört hatte:

"Habt Ihr von dem Malheur gehört, schönes Fräulein, daß dem Schneidermeister neulich zugestoßen ist?"

Die Schöne setzte ein betont desinteressiertes Gesicht auf, aber das beeindruckte den aufdringlichen Caspar nicht. In dem langweiligsten Ton, der sich überhaupt denken ließ, fuhr er fort:

"Er hatte sich an jenem Morgen mit einer Nadel in den Finger gestochen, und der Finger schmerzte ihn so sehr, daß er an diesem Tage unfähig war zu arbeiten. Aber die Aufträge drängten und wollten gemacht sein. Ein Ball stand ins Haus, und da mußten mehrere Ballkleider ausgebessert werden. Das alles war natürlich eine ungeheure Katastrophe, wie Ihr Euch denken könnt."

"Eine ungeheure Katastrophe", wiederholte die Schöne, "gewiß."

"Ja, vor allem, wo die Heinzelmännchen bereits anderweitig zu tun hatten und den armen Schneidermeister nächtens nicht beehren und ihm aus der Verlegenheit helfen konnten." Caspar wieherte und bog sich vor Lachen. Die Schöne lachte nicht mit. Sie hatte keinen Sinn für diese Art von Humor, sondern nur für echten Witz, aber davon hatte dieser Caspar nicht mal ein Gramm.

"Apropos, schönes Fräulein", fragte Caspar abschließend. "Habt Ihr am Samstag schon etwas vor? Ich meine, seid Ihr abkömmlich?"

Die Schöne seufzte, aber bevor sie antworten konnte, hatte er sie zur Adventsfeier der Pfarrgemeinde eingeladen: "Anschließend findet übrigens ein Tanztee statt."

Das hatte ihr gerade noch gefehlt, aber bevor sie nein sagen konnte, hatte ihr Caspar schon die Zeit mitgeteilt, wann er sie abzuholen gedachte, und war verschwunden.

Dieser Caspar war ihr so widerwärtig und so öde, daß ihr Körper, das ehrliche Mädchen, das sie nun einmal war, keinen anderen Ausweg erkannte, als sich in eine echte Krankheit zu flüchten. Sie fieberte, als Caspar sie abholte, aber er übersah es geflissentlich und verschleppte sie ins Gemeindehaus. Gegen einen wie Caspar waren Frederick und Oliver, die eitlen Pfaue, Gold. Alles drehte sich in ihrem Kopf, und ihr war ganz heiß. Jemand, der aufs Podium trat, erzählte gerade ein Märchen:

"Es war einmal ein junger Kerl, der ließ sich als Soldat anwerben, hielt sich tapfer und war immer der vorderste, wenn es blaue Bohnen regnete. So lange der Krieg dauerte, ging alles gut, aber als Friede geschlossen war, erhielt er seinen Abschied, und der Hauptmann sagte, er könnte gehen, wohin er wollte. Seine Eltern waren tot, und so ging er zu seinen Brüdern und bat sie, sie möchten ihm so lange Unterhalt geben, bis der Krieg wieder anfinge und das Morden von neuem anginge. Die Brüder aber waren hartherzig und engstirnig und sagten 'was sollen wir mit dir? wir können dich nicht brauchen, sieh zu, wie du dich durchschlägst.' Der Soldat hatte nichts übrig, nur sein Gewehr, das nahm er auf die Schulter und wollte in die Welt. Er kam auf eine große Heide, auf der nichts zu sehen war als ein Ring von Bäumen: darunter setzte er sich ganz traurig nieder und sann über sein Schicksal nach. 'Ich habe kein Geld', dachte er, 'ich habe nichts gelernt als das Kriegshandwerk, und jetzt, weil Friede geschlossen ist und nicht mehr gemordet wird, brauchen sie mich nicht mehr; ich sehe voraus, ich muß verhungern.' Auf einmal vernahm er ein Brausen, und als er sich umdrehte, stand ein unbekannter Mann vor ihm, der einen grünen Rock trug, recht stattlich aussah, aber einen garstigen Pferdefuß hatte wie sonst nur einer. 'Ich weiß schon, was dir fehlt', sagte der Mann, 'Geld und Gut sollst du haben, soviel du mit aller Gewalt durchbringen kannst, aber ich muß zuvor wissen, ob du dich nicht fürchtest, damit ich mein Geld nicht umsonst ausgebe.' 'Ein Soldat und Furcht, wie paßt das zusammen?' antwortete der, 'du kannst mich gern auf die Probe stellen.' 'Wohlan denn', antwortete der Mann, 'schau hinter dich.' Der Soldat kehrte sich um und sah einen großen Bär, der brummend auf ihn zutrabte. 'Oho', rief der Soldat, 'dich will ich an der Nase kitzeln, daß dir die Lust am Brummen vergehen soll.' Er legte an und schoß dem Bär auf die Schnauze, daß er zusammenfiel und sich nicht mehr regte."

Das gefiel dem Caspar, der ihr zur Seite saß. Er lachte sich halbtot und stieß die Schöne in die Rippen. Sie roch, daß er einen, wenn nicht schon gar zwei über den Durst getrunken hatte.

"'Ich sehe wohl', sagte der Fremde, 'daß dir's an Mut nicht gebricht, aber es ist noch eine Bedingung dabei, die mußt du erfüllen.' 'Wenn mir's an meiner Seligkeit nicht schadet', antwortete der Soldat, der wohl merkte, wen er da vor sich hatte, 'sonst laß ich mich auf nichts ein.' 'Das wirst du selber sehen', antwortete der Grünrock, 'du darfst in den nächsten sieben Jahren dich nicht waschen, dir Bart und Haare nicht kämmen, die Nägel nicht schneiden und kein Vaterunser beten. Dann will ich dir einen Rock und Mantel geben, den mußt du in dieser Zeit tragen. Stirbst du in diesen sieben Jahren, so bist du mein, bleibst du aber leben, so bist du frei und bist reich dazu für dein Lebtag.' Der Soldat dachte an die große Not, in der er sich befand, und weil er so oft in den Tod gegangen war, schreckte ihn nichts mehr, da wollte er es auch jetzt wagen und willigte ein. Der Teufel - denn natürlich war es kein anderer als dieser - zog den grünen Rock aus, reichte ihn dem Soldaten hin und sagte 'wenn du den Rock an deinem Leibe hast und in die Tasche greifst, so wirst du die Hand immer voll Geld haben.'"

"Hei!" juchzte Caspar. "So einen Rock hätte ich auch gerne, dessen Tasche immer voll Geld ist, wenn man hineinfaßt - Teufel hin, Teufel her."

"Sodann zog der Teufel dem Bären die Haut ab und sagte 'das soll dein Mantel sein und auch dein Bett, denn darauf mußt du schlafen und darfst in kein anderes Bett kommen.' Hierauf verschwand der Teufel."

"So wie der aussieht", lachte Caspar, "wird ihn auch keine Maid in ihr Bett lassen." Die Schöne musterte ihn aus den Augenwinkeln: Das gleiche traf auch auf diesen Stinkstiefel Caspar zu.

"Der Soldat, der fortan, seiner neuen Haut wegen, Bärenhäuter hieß, griff gleich in die Tasche des Rocks und fand, daß die Sache mit dem Geld ihre Richtigkeit hatte. So ging er in die Welt und unterließ nichts, was ihm wohl und dem Gelde wehe tat. Im ersten Jahr ging es noch leidlich, aber in dem zweiten sah er schon aus wie ein Ungeheuer. Das Haar bedeckte ihm fast das ganze Gesicht, sein Bart glich einem Stück grobem Filztuch, seine Finger hatten Krallen, und sein Gesicht war so mit Schmutz bedeckt, daß wenn man Kresse hineingesät hätte, sie aufgegangen wäre. Wer ihn sah, lief fort. Im dritten Jahr kam er in ein Wirtshaus, da wollte ihn der Wirt nicht aufnehmen und wollte ihm nicht einmal einen Platz im Stall anweisen, weil er Angst hatte, seine Pferde würden scheu werden. Doch als der Bärenhäuter in die Tasche griff und eine Handvoll Dukaten herausholte, so ließ der Wirt sich erweichen und gab ihm eine Stube im Hintergebäude; doch mußte er versprechen, sich nicht sehen zu lassen, damit sein Haus nicht in bösen Ruf käme.

Als der Bärenhäuter abends allein saß und von Herzen wünschte, daß die sieben Jahre herum wären, so hörte er in einem Nebenzimmer ein lautes Jammern. Er hatte ein mitleidiges Herz, öffnete die Türe und erblickte einen alten Mann, der heftig weinte und die

Hände über dem Kopf zusammenschlug. Als der Bärenhäuter näher trat, sprang der Alte auf und wollte entfliehen. Endlich, da er aus der Bärenhaut heraus eine menschliche Stimme vernahm, die einen warmen Klang hatte, ließ er sich bewegen, und durch freundliches Zureden brachte es der Bärenhäuter dahin, daß der Greis ihm die Ursache seines Kummers offenbarte. Sein Vermögen war nach und nach geschwunden, er und seine Töchter waren unverschuldet in Not geraten und mußten darben. So arm war er, daß er den Wirt nicht einmal bezahlen konnte und ins Gefängnis oder, schlimmer, in den Schuldturm sollte gesetzt werden. 'Wenn Ihr weiter keine Sorge habt', sagte der Bärenhäuter lässig, 'Geld habe ich genug.' Er ließ den Wirt herbeikommen, bezahlte ihn und steckte dem Unglücklichen noch einen Beutel voll Gold in die Tasche.

Als der alte Mann sich aus seinen Sorgen erlöst sah, wußte er nicht, womit er sich dankbar beweisen sollte. 'Komm mit mir', sprach er zu ihm, 'meine Töchter sind Wunder von Schönheit, wähle dir eine davon zur Frau. Wenn sie hört, was du für mich getan hast, so wird sie sich nicht weigern. Du siehst freilich ein wenig seltsam aus, aber sie wird dich schon wieder in Ordnung bringen.' Dem Bärenhäuter gefiel das wohl, und er ging mit. Als ihn die älteste anblickte, entsetzte sie sich so gewaltig vor seinem Antlitz, daß sie aufschrie und fortlief. Die zweite blieb zwar stehen und betrachtete ihn von Kopf bis zu den Füßen, dann aber sprach sie 'wie kann ich einen Mann nehmen, der keine menschliche Gestalt mehr hat? Da gefiel mir der rasierte Bär noch besser, der einmal hier zu sehen war und sich für einen Menschen ausgab, der hatte doch einen Husarenpelz an und weiße Handschuhe. Wenn er nur häßlich wäre, so könnte ich mich an ihn gewöhnen.' Die jüngste aber sprach 'lieber Vater, das muß ein guter Mann sein, der Euch aus der Not geholfen hat; habt ihr ihm dafür eine Braut versprochen, so muß Euer Wort gehalten werden.' Es war schade, daß das Gesicht des Bärenhäuters von Schmutz und Haaren bedeckt war, sonst hätte man sehen können, wie ihm das Herz im Leibe lachte, als er die Worte dieser braven Tochter hörte, die ihrem Vater so treu ergeben war. Er nahm einen Ring von seinem Finger, brach ihn entzwei und gab ihr die eine Hälfte, die andere behielt er für sich. In ihre Hälfte aber schrieb er seinen Namen, und in seine Hälfte schrieb er ihren Namen und bat sie, ihr Stück gut aufzuheben. Hierauf nahm er Abschied und sprach 'ich muß noch vier Jahre wandern: komm ich aber nicht wieder, so bist du frei, weil ich dann tot bin. Bitte aber Gott, daß er mir das Leben erhält.'

Die arme Braut kleidete sich ganz schwarz, und wenn sie an ihren Bräutigam dachte, so kamen ihr die Tränen in die Augen. Von ihren Schwestern ward ihr nichts als Hohn und Spott zuteil. 'Nimm dich in acht', sprach die älteste, 'wenn du ihm die Hand reichst, so schlägt er dir mit der Tatze darauf.' 'Hüte dich', sagte die zweite, 'die Bären lieben die Süßigkeit, und wenn du ihm gefällst, so frißt er dich auf.' 'Du mußt nur immer seinen Willen tun', hub die älteste wieder an, 'sonst fängt er an zu brummen.' Und die zweite fuhr lachend fort 'aber die Hochzeit wird lustig sein, denn Bären, die tanzen gar gut.' Die Braut selbst schwieg still und ließ sich nicht irre machen.

In der Zwischenzeit zog der Bärenhäuter in der Welt herum, von einem Ort zum andern, tat Gutes, wo er konnte, und gab den Armen reichlich, damit sie für ihn beteten. Umsonst war schließlich nur der Tod, hieß es, aber selbst der kostete das Leben. Schließlich war er nicht mehr und nicht weniger als ein Ungeheuer: eine Laune der Natur, wie es die anderen sahen, die ihn bis auf sein Geld nach Kräften mieden. Endlich, als der letzte Tag von den sieben Jahren anbrach, ging er wieder hinaus auf die Heide und setzte sich unter den Ring von Bäumen. Nicht lange, so sauste der Wind, und der Teufel stand wie ehedem vor ihm und blickte ihn verdrießlich an; dann warf er ihm den alten Rock hin und verlangte seinen grünen zurück. 'So weit sind wir noch nicht', antwortete der Bärenhäuter, 'erst sollst du mich reinigen.' Der Teufel mochte wollen oder nicht, er mußte Wasser holen, den Bärenhäuter abwaschen, ihm die Haare kämmen und die Nägel schneiden. Hierauf sah er wieder wie ein tapferer Kriegsmann aus und war auch noch viel schöner als je zuvor.

Als der Teufel mehr unglücklich als glücklich abgezogen war, weil ihm eine Christenseele durch die Lappen gegangen war, so war es dem Bärenhäuter ganz leicht ums Herz. Er ging in die Stadt, tat einen prächtigen Sammetrock an, setzte sich in einen Wagen, der mit vier Schimmeln bespannt war, und fuhr zu dem Haus seiner Braut. Niemand erkannte ihn. Der Vater hielt ihn für einen vornehmen Feldobristen und führte ihn in das Zimmer, wo seine drei Töchter saßen. Er mußte sich zwischen den beiden älteren niederlassen: sie schenkten ihm Wein ein, legten ihm die besten Bissen vor und meinten, sie hätten keinen schöneren Mann auf der Welt gesehen als ihn. Die Braut aber saß in schwarzem Kleide ihm gegenüber, schlug die Augen nicht auf und sprach kein Wort. Als er endlich den Vater fragte, ob er ihm eine seiner Töchter zur Frau geben wollte, so sprangen die beiden ältesten auf, liefen in ihre Kammer und wollten prächtige Kleider anziehen, denn eine jede bildete sich ein, sie wäre die Auserwählte und hätte ein Anrecht auf den vermeintlichen Obristen. Der Fremde, sobald er mit seiner Braut allein war, holte den halben Ring hervor und warf ihn in einen Becher mit Wein, den er ihr über den Tisch reichte. Sie nahm in an, aber als sie getrunken hatte und den halben Ring auf dem Grund liegen fand, so schlug ihr das Herz. Sie holte die andere Hälfte, die sie an einem Band um den Hals trug, hielt sie daran, und es zeigte sich, daß daß beide Teile vollkommen zueinander paßten, so als wären sie nie getrennt gewesen. Da sprach er 'ich bin dein verlobter Bräutigam, den du als Bärenhäuter gesehen hast, aber durch Gottes Gnade habe ich meine menschliche Gestalt wiedererhalten, und ich bin wieder rein geworden.' Er ging auf sie zu, umarmte sie und gab ihr einen Kuß. Indem kamen die beiden Schwestern in vollem Putz herein, und als sie sahen, daß der schöne Mann der jüngsten zuteil geworden war, und hörten, daß das der ehemals garstige Bärenhäuter war, liefen sie voll Zorn und Wut hinaus; die eine ersäufte sich im Brunnen, die andere erhängte sich an einem Baum. Am Abend aber klopfte jemand an die Türe, und als der Bräutigam öffnete, so war's der Teufel im grünen Rock, der noch einmal gekommen war, um sich zu bedanken 'siehst du, nun habe ich zwei Seelen für deine eine. Das ist, fürwahr, ein trefflicher Tausch.'" Damit schlug der, der das Märchen vorgetragen hatte, das dicke Buch zu, und alles spendete artig Beifall, wenn auch nicht ohne Anflug von Angst.

Die Schöne wußte nicht, wie ihr geschah, aber das

Märchen hatte die Erinnerung an das Tier in ihr von neuem erstehen lassen und den Gedanken, daß seine häßliche Äußerlichkeit ihm nur als Prüfung von einem bösen Fluch auferlegt sei. Nie würde eine junge Frau auf einen Mann, einen richtigen Mann verzichten können; nie würde sie verwinden können, ihn zu verlieren. Sie achtete nicht auf Caspars törichtes Geschwätz, der sie gern noch zu einem Tänzchen auf der Diele überredet hätte, verließ die Versammlungsstätte und warf sich daheim aufs Bett. Sie fühlte sich ganz elend und glaubte sterben zu müssen, aber außer Caspar, der sich nicht hatte abschütteln lassen, war kein Lieber da, der sich um sie kümmerte. Die Geschwister waren, wie immer, nur mit sich selber beschäftigt. So konnte niemand diesen Kaspar aus dem Zimmer fegen, der ihr gefolgt war und in einem fort schwatzte und Unsinn redete, wie sich alle heiratsfähigen Weibsleute angeblich um ihn rissen. Eine geschlagene Stunde quatschte der aufdringliche Caspar auf sie ein, dann war er zum Glück seiner selbst überdrüssig geworden und räumte das Feld, weil er vom vielen Reden ganz heiser war und die Schöne ihm keinen kühlen Trunk anbot.

Jetzt war die Schöne allein mit sich und ihrem Kummer. Das Haus war leer. Die anderen waren alle ausgegangen. Ja, wenn sie jetzt an ihre Geschwister dachte, waren es nur mehr "die anderen". Fieberkrank wälzte sie sich im Bett. Das Bewußtsein schwand ihr. Zum erstenmal, seit sie wieder daheim war, blieb diese Nacht nicht traumlos. Aber die Lichtung, der liebgewonnene Bach hatten sich winterlich verändert, waren mit einem Totenkleid aus Schnee und Eis überzogen. Ein frostiger Wind blies ihr kräftig um die Nase und wirbelte ihr Nachthemd. Es war eine gespenstische Atmosphäre. Richtig schauerlich. Sie zitterte vor Kälte, und gleich erwartete sie, einen Vampir, einen Werwolf oder einen Ghul zu Gesicht zu bekommen. Wo war sie hier nur gelandet? Durch das unermüdliche, beängstigende Pfeifen des Windes hörte sie ein trauriges Jaulen. Sie wollte weglaufen, aber sie kam nicht vom Fleck. Das Jaulen schien aus einer Höhle zu dringen. Es wurde lauter, und das Echo verbreitete weitere Schrecken. Es war das flehentliche Stöhnen eines Leidenden, eines Sterbenden. Schließlich konnte die Schöne ihre Füße aus dem Morast lösen, der ihre Füße gehalten hatte. Vorsichtig näherte sie sich der Höhle, aus der ein schwacher Lichtschein lockte. Die Laute wurden stärker, je näher sie kam. Als sie am Eingang der Höhle stand, formte sich aus dem Licht, engelsgleich, die Gestalt einer Frau, einer bezaubernden Fee. Einen Augenblick mußte die Schöne an ihre verstorbene Mutter denken.

"Schöne", sprach die Fremde sie an, "du bist gerade zur rechten Zeit gekommen. Einen Tag länger, und er wäre tot gewesen. So siehst du, was geschieht, wenn Menschen ihr Versprechen nicht halten."

"Nein, nein!" wehrte sich die Schöne gegen den ungeheuerlichen Verdacht. "Ich habe mein Versprechen nicht brechen wollen. Ich will ja zurück."

Schweißüberströmt wachte die Schöne aus dem Alptraum auf. Ihre Hand tastete nach dem Nachttisch. Und dort fand sie - das so lange entbehrte Medaillon. Ihre Schwester Bettina hatte der gemeine Diebstahl gereut. Sie hatte es nicht übers Herz gebracht, das Medaillon länger auf ihrer Brust zu tragen, zumal es sich dort wie ein glühendes Schmiedeeisen einzubrennen drohte. Das schlechte Gewissen hatte sie getrieben, es heimlich, still und leise zur Schönen zurückzubringen und es ihr unbemerkt auf die Konsole zu legen. Und die erinnerte sich auf einmal wieder an das Tier, das sie ohne die Kraft des Medaillons und ohne die Märchen schon ganz vergessen, und an das Versprechen, das sie ihm, hoch und heilig, gegeben hatte. Die Schöne sprang aus dem Bett, rannte barfuß die Treppe hinunter zur Tür und öffnete sie. Draußen fielen Schneeflocken, und der Winter hatte wie in ihrem Traum sein Leichentuch über das Erdreich gebreitet. Der Winter war der letzte große Gleichmacher. Darin war er dem Gevatter Tod verwandt. Aber die Schöne wollte nicht, daß das Tier stirbt. Sie drückte das Medaillon ganz fest in ihren Händen, und da fiel ihr der Verlobungsring ein, das Geschenk des Ungeheuers. Sie drehte ihn und wünschte sich zurück - zurück auf das Schloß, zurück zum Monstrum, das sie beinahe vergessen hätte. Im selben Augenblick brach sie auf den Stufen des Hauses zusammen - und fand sich im Schlafgemach des Schlosses im dunklen Tann. Ein Kleid lag für sie bereit. Und auch der Frühstückstisch war wieder reich gedeckt.

ENTZAUBERUNG UND ENTHAARUNG

Nachdem sie ausgiebig gefrühstückt hatte, verbrachte die Schöne den ganzen Tag damit, durch die Hallen und Räume des Schlosses zu wandern. Sie hatte ja gar nicht geahnt, wie sehr ihr diese Räumlichkeiten gefehlt, wie sehr ihr das wunderliche Schloß ans Herz gewachsen war. Dann ging sie hinaus in den Garten. Sie wanderte und hoffte das Ungeheuer wiederzusehen. Aber das vertraute Heulen, das liebe Schnurren war nicht, und auch den vertrauten Atem roch sie nicht. Keine Spur von der Bestie. Sie zog sich in die Bibliothek zurück und nahm ein Buch, aber sie fand nicht die Ruhe und Muße, sich auf die Lektüre zu konzentrieren, nicht einmal die des einfachsten Textes. Als es dunkel wurde, hörte sie die vertraute Glocke, die zum Nachtmahl rief. Nun aber würde sie die Bestie bestimmt treffen. Dessen war sie gewiß. Das Ungeheuer war noch jedesmal zum Abendbrot erschienen. Tatsächlich war der Tisch wieder von unsichtbarer Hand mit gewohnter Umsicht gedeckt, aber so lange sie auch wartete: Diesmal erschien das Ungeheuer nicht und blieb aus. Es war schon weit nach neun. Sie versuchte etwas Nahrung zu sich zu nehmen, aber der Bissen mundete ihr nicht. So rührte sie die aufgetragenen Speisen nicht weiter an. Verstört verließ sie den Speisesaal und lief wieder hinaus in den Garten. Im fahlen Mondlicht rannte sie ziellos durch die Blumenbeete und durch das Gebüsch, und sie verließ den Schloßgarten und lief hinaus in den Wald. Schließlich, als sie nicht mehr konnte, als ihr die

Kräfte schon versagten, merkte sie, daß sie sich verlaufen hatte. Es war so kalt und unheimlich hier wie in ihrem Traum, und zu allem Unglück hatte es wieder zu schneien begonnen. Die Schöne begann zu zittern und zu frieren. Da fiel ein schwacher Lichtschein auf ihr bezauberndes Gesicht. Als sie dem Licht nachging, kam sie zu einer Höhle, die ebenso aussah wie jene, die sie in der vergangenen Nacht im Traum gesehen hatte. Vorsichtig, jeden Schritt einzeln abwägend, betrat sie die Höhle. Totenstill war es hier drinnen. Kein Geräusch drang an ihr Ohr, weder ein vertrauter noch ein fremder Laut. Auf einmal erkannte sie einen Umriß - es war die Bestie. Sie lief zu dem Ungeheuer, aber das Wesen rührte sich nicht. In seinen Händen hielt es eine Rose, aber die war verwelkt - ganz so wie sein Körper, der kraftlos auf einer Bahre ausgestreckt war. Sein Herz schlug nur noch schwach, als die Schöne sich über den vertrauten Körper beugte und an der Brust horchte, und als sie die Stirn fühlte, war die ganz heiß. Auch war das einst so stolze Gesicht ganz eingefallen und verschrumpelt, die mächtige Gestalt nur noch Haut und Knochen. Eilends lief die Schöne wieder hinaus. In der Nähe mußte ein Bach sein. Sie fand ihn auch. Er war vereist, genauso wie im Traum. Sie nahm einen Stock und brach das Eis an einer Stelle, näßte ihr Tuch und lief in die Höhle zurück, um die heiße Stirn des kranken Ungeheuers zu kühlen und die glühenden Fieberqualen zu lindern. Dann sank sie an seiner Seite nieder, die Augen wurden ihr feucht, und sie begann bittere Tränen zu vergießen. "Nein, mein liebes Tier, Ihr dürft nicht sterben", schluchzte die Schöne. "Ihr sollt leben und, wie Ihr es gewünscht habt, mein Gatte werden. Hier ist meine Hand. Ich schwöre, daß ich nur

Euch gehören will und niemandem sonst. Nur Freundschaft glaubte ich für Euch zu empfinden, aber jetzt weiß ich mit Bestimmtheit, daß ich ohne Euch nicht sein kann. Bitte, bitte, Ihr dürft nicht sterben." Eine der Tränen, die sie vergoß, aber fiel auf die verwelkte Rose, die das Tier in der Pranke hielt, und netzte sie. Auf einmal nahm die Blume wieder Farbe an, begann von neuem zu erblühen - und so geschah es auch mit dem Ungeheuer. Plötzlich kehrten die Lebensgeister wieder in seinen monströsen, geschundenen Leib zurück: Es war zwar im Augenblick zerstört, aber vernichtet - nein, vernichtet war es nicht. Die Glieder und Tatzen regten sich wieder. Das Blut pulsierte, und das Ungeheuer erhob sich von den Toten, denn Liebe ist allein eine Angelegenheit der Lebenden.

Als das Biest die Schöne vor sich sah, konnte es sein Glück nicht lassen: "Ich dachte, du hättest mich auf ewig verlassen und würdest nie wieder zu mir zurückkehren."

Die Schöne wußte nicht, was sie antworten sollte. Das Ungeheuer aber nahm sie zärtlich in seine Klauen und führte sie tiefer in die Höhle, um sich dort von der Schönen hinter den Ohren kraulen und die Löwenmähne streicheln und die Krallen schneiden und auch sonst zähmen zu lassen, damit es wieder als vollwertiges Mitglied der Gesellschaft herauskäme.

Als die Nacht vorüber war, hatte sich das Ungeheuer tatsächlich ein wenig verändert. Es hatte, wie der starke Samson nach seiner Bekanntschaft mit Delila, kein Haupthaar mehr und die üppige Löwenmähne eingebüßt und roch auch sonst ganz annehmbar. Kurzum: die Bestie war dabei, sich zu häuten, ganz so wie der

Bärenhäuter, aber noch fehlte der letzte Schliff, das gewisse Etwas, das einen normalen Mann auszeichnet, der einer geregelten Tätigkeit nachgeht.

"Erzähl mir, wie es dir ergangen ist, Schöne", fragte das frühere Ungeheuer, als sie wieder im Schloß waren.

"Da gibt es nicht viel zu erzählen."

"Jetzt erzähl schon. Nur heraus damit."

"Ich habe die Sorgen meines Vaters gelindert. Allein deswegen war es richtig, daß ich gegangen bin. Aber meine Brüder und Schwestern haben nichts aus den Schwierigkeiten und Problemen der letzten Zeit gelernt. Sie sind genauso verdorben, wie sie schon immer waren, und ich habe keine große Hoffnung, daß sie sich jemals ändern werden. Ich habe geglaubt, sie bräuchten mich, aber ich habe mich geirrt."

"Was hast du denn die ganze Zeit getrieben? Wie hast du deine Tage dort verbracht?"

"Man hat mich zu Gesellschaften mitgenommen, die nur von oberflächlichen Menschen besucht wurden, die einander neidisch beäugten. Allesamt Blender, die, wenn sie sich sahen, überfreundlich taten, aber einander hinterrücks nur Unglück an den Hals wünschten. Ich mußte den Schwestern bei der Auswahl der Kleider helfen, ihre Frisuren kommentieren, Bettinas Freier abwimmeln. Peter hatte Bauchweh, weil er sich der Völlerei ergeben hatte, und ich mußte ihn pflegen. Und Caspar - ach, reden wir nicht von Caspar."

"Auch ich war krank, Schöne, aber nun bin ich gesund geworden." Seine Stimme wurde zittrig. "Sag schon: Liebst du mich, Schöne? Willst du mich nun endlich zum Mann nehmen?"

Die Schöne sah ihn erlöst an: "Ich dachte schon, du

würdest nach dem, was geschehen ist, diese Frage nie mehr an mich richten, denn ich war dumm und verblendet dazu." Sie wurde, kaum daß sie ihre Liebe gestanden hatte, rot, so rot, daß selbst die Rose, die schon verwelkt, aber dann wieder erblüht war, Schwierigkeiten hatte, neben ihrer Röte zu bestehen. "Ja, geliebte Bestie! Ja, ich will es!" rief sie aus vollem Herzen.

Das Ungeheuer schloß sie in die Arme. Im selben Moment aber verwandelte es sich ganz und gar und wurde zu dem veritablen Prinzen, der sich eine geraume Weile hinter der häßlichen Fassade verborgen hatte und ihr nur im Traume erschienen war, sozusagen als Ausblick auf ein künftig schönes Leben.

"Ein böser, unerklärlicher Zauber, den meine Stiefmutter heraufbeschworen hatte, hat mich in ein Tier verwandelt", erklärte der Prinz. "Mich und alles um mich herum. Denn meine neidische Stiefmutter, mußt du wissen, sie mißgönnte mir jede Frau. Die Macht der schwarzen Magie, die sie heraufbeschworen, sollte erst dann gebrochen sein, wenn ein besonders schönes Mädchen einwilligte, mich zu heiraten. Nur: welches blitzsaubere Mädchen würde so ein garstiges Ungeheuer wie mich heiraten? Ich hatte schon alle Hoffnung fahrenlassen, da erschienst du. Du allein hattest die Güte, dich von meinem armseligen, unseligen Schicksal rühren zu lassen. Du hast der Schönheit die Tugend vorgezogen und hast mir selbstlos geholfen. Nimm nun aus Dankbarkeit meine Krone. Du wirst eine große Königin werden, und niemand wird uns in unserem Glück stören."

Die Schöne hatte es im Herzen immer schon geahnt, nur ihr Verstand hatte sich gegen diese Tatsache gewehrt. "Jetzt", versprach ihr der Bräutigam, "wird wieder Leben in dieses Schloß zurückkehren, nachdem du mich wachgeküßt hast."

Und wirklich, der Wald lichtete sich. Es hatte aufgehört zu schneien, und das Schloß belebte sich zusehends. Kutschen fuhren vor, und Gäste kamen und gingen. Die Dienerschaft aber, die in Statuen verzaubert war, richtete am Weihnachtstag eine Hochzeit her, wie sie dieses Reich noch nie erlebt hatte. Die Liebenden verfolgten das lustige, ausgelassene Treiben von der Terrasse des Schlosses aus, und ein farbenprächtiges Feuerwerk erhellte ihre Gesichter, als sie Walzer in ein neues Jahr tanzten. Ein Mann, das hatte die Schöne erkannt, war immer nur das wert, was eine Frau, die ein großes Herz hatte, aus ihm machte. Geschah dies nicht, verwelkte er wie die schönste Rose. Hier in diesem erlösten Schloß aber begannen die Rosen wieder zu blühen, und das mitten im Winter.

Das Paar aber lebte viele Jahre miteinander, und sein Glück war vollkommen, denn es war auf gegenseitige Achtung gegründet. Und wenn sie nicht gestorben sind . . . Das mag wie eine altbekannte, hausbackene Formel klingen, und doch muß man sich vergegenwärtigen, daß Märchen nicht enden, sondern sich in den Menschen weitererzählen.

Nachwort

DIE SCHÖNE UND DAS BIEST
IN LITERATUR UND FILM

Dokumentation und Materialsammlung
von Rolf Giesen

Das "Märchen von der Schönen und dem Tier", von weiblicher Unschuld und ungestümer männlicher Animalität ist ein zeitloser Mythos, der sich durch alle Kulturkreise zieht, der Mythos von Amor und Psyche: "das symbolträchtigste Märchen nach Cinderella und das befriedigendste" (Opie, 1974). Mit dem Märchen von Amor und Psyche schuf Apuleius im vierten Buch der "Metamorphosen" (2. Jh.), die - wie der Titel besagt - Initiationen behandeln, eines der wenigen schriftlich überlieferten Zaubermärchen der Antike und auch eines der nachhaltigsten und einflußreichsten. Eine vergleichende Märchenstudie von J.Ö. Swahn [The tale of Cupid and Psyche, Lund 1955] wies eintausendzweiundvierzig Varianten dieses Mythos nach. Der Stoff wurde rund 50 Mal vertont, als Oper bearbeitet, als Vaudeville-Stück und auch als modernes Ballett (Paul Hindemith, 1943). In seinem berühmten Buch "Kinder brauchen Märchen" weist Bruno Bettelheim auf die hochaktuelle Botschaft hin, die diesem und weiteren auf ihn bezogenen Mythen zugrunde liegt: "Trotz aller Warnungen vor den üblen Folgen, die es hat, wenn sie den Dingen auf den Grund zu gehen versuchen, geben sich die Frauen nicht mehr damit zufrieden, über die Sexualität und das Leben im allgemeinen im unklaren gelassen zu werden. So bequem ein Leben in relativer Naivität sein mag, es ist ein leeres Leben, das man nicht hinnehmen sollte. Trotz aller Mühsal, die eine Frau auf sich zu nehmen hat, um zu einem vollen Bewußtsein und zu voller Humanität wiedergeboren zu werden, lassen diese Geschichten keinen Zweifel darüber, daß sie es auf sich nehmen muß. Sonst gäbe es keine Geschichte: kein Märchen, das die Mühe lohnte, es zu erzählen, keine Geschichte ihres Lebens, die der Mühe wert wäre. Wenn die Frau erst einmal ihre Auffassung von der Sexualität als etwas Tierischem überwunden hat, gibt sie sich nicht mehr damit zufrieden, nur als Sexualobjekt behandelt oder zu einem Leben des Müßiggangs und einer relativen Unwissenheit verdammt zu sein. Damit beide Partner glücklich werden, müssen sie beide miteinander und als Gleichberechtigte ein voll ausgefülltes Leben führen. Das ist - wie diese Geschichten lehren - für beide Teile nur sehr schwer zu erreichen, doch kann man ihm nicht aus dem Weg gehen, wenn man im Leben miteinander glücklich werden will. Das ist die versteckte Botschaft vieler Märchen des Tierbräutigam-Zyklus . . ." [München 1980, S. 346]

Die bekannteste Variante und Neugestaltung des Mythos aber fand sich in einer französischen Bearbeitung, eben "La Belle et la Bete". Die berühmteste Version erschien in der Frau Maria Le Prince de Beaumont lehrreiches Magazin für Kinder, das neben erzieherischen Gesprächen, geschichtlichen und erdkundlichen Schilderungen, Nacherzählungen aus der Bibel und dergleichen auch diese beliebte Fassung des Amor-und-Psyche-Mythos enthielt. Dabei wird aber oft vergessen, daß auch diese Fassung auf ein dreimal so umfangreiches Märchen gleichen Titels zurückgeht, das Gabrielle-Suzanne Barbot, Dame de Villeneuve zwanzig

Jahre zuvor auf einer Überfahrt nach Amerika von ihrer Kammerfrau gehört und dann aufgezeichnet hatte. Die Geschichte "Histoire de la Bete" erschien 1740 in dem fünfbändigen Erzählwerk "Die junge Amerikanerin, oder Verkürzung müßiger Stunden auf dem Meere". Gegen den geistigen Diebstahl ihrer Plagiatorin konnte sich Mme Villeneuve nicht mehr wehren. Sie starb 1755, und das Märchen der Mme Jeanne-Marie Le Prince de Beaumont (1711 - 1780) erschien erst ein Jahr nach ihrem Tod. Freilich war die Urfassung gegenüber der belehrenden des Plagiats um einiges direkter, weshalb sich diese Version für Kinder eigentlich von selbst verbot. Da heißt es zum Beispiel bei Villeneuve: "Es (das Tier) fragte sie (die Schöne) ohne Umschweife, ob sie willens sei, mit ihm zu schlafen. Dieses unvermutete Verlangen erneuerte ihre Befürchtungen, sie stieß einen schrecklichen Schrei aus und konnte nicht an sich halten auszurufen: 'O Himmel! Ich bin verloren!'" Vielleicht auch deshalb hielten sich spätere Adaptionen, von Marmontels Opernlibretto "Zémire et Azor" (1771 vertont von Grétry) bis hin zu Jean Cocteau, an die Fassung der Mme Le Prince.

Übrigens beabsichtigten auch die Brüder Grimm eine Übernahme des Märchens, und Jacob Grimm notierte unter dem Titel "Der Drache" (1810) die folgenden Stichworte: "Der Drache stellt sich plump und dann aber guthmütig an, des Nachts hat sie Traumerscheinungen von einem schönen Jüngling, Tags alle möglichen Vergnügungen in ihrer Einsamkeit. Frage des Drachen, ob sie bei ihm schlafen wolle? erst Abschlagen, hernach Gewöhnen an ihn, Dankbarkeit, nach und nach Liebe." Aus dieser Idee wurde "Von dem Sommer- und Wintergarten", schließlich "Das singende springende Löweneckerchen". In diesem Zaubermärchen, das getreu dem Amor-und-Psyche-Vorbild funktioniert, geht es um eine Braut, die ihren Mann, einen Löwen, verliert, weil sie das Gebot übertreten hat, kein Licht auf ihn fallen zu lassen, und ihn erst nach langer und mühevoller Suchwanderung wiederfindet: "Es ist viel gerätselt worden, was denn unter einem Löweneckerchen zu verstehen sei. Jacob Grimm glaubte, das Wort über das Niederdeutsche auf 'Lerche' zurückführen zu sollen; andere möchten die Verkleinerungsform von Laub darin finden und fühlen sich durch Erzählungen bestärkt, in denen ein singendes, springendes Bäumchen gewünscht wird. Warum der nächstliegende Sinn nicht in Betracht gezogen wird, ist unerfindlich: Es ist das Eckerchen, das Geistchen, eines Löwen, ein sehr lebendiges Wesen, das die Verbindung zum künftigen Liebsten herstellen soll. Da es obendrein in der Sagenwelt gelegentlich Kobolde gibt, die Eckerchen genannt werden und an Kreuzungen zu Hause sind, braucht man wohl kaum länger mit erheblichem etymologischen Aufwand zu rätseln." [Walter Scherf: Lexikon der Zaubermärchen. Stuttgart 1982. S. 359]

Bezeichnend, und im Hinblick auf weibliche Tierliebe hochinteressant, ist auch eine englische Bearbeitung des Mythos: In "The Small-Tooth Dog" von 1895 verwandelt sich ein "großer häßlicher Hund mit kleinen Zähnen" in dem Augenblick in einen Mann, als die Schöne das Tier liebevoll mit "Süßer als eine Honigwabe" anredet.

"Märchen sprechen zu unserem Unbewußten", stellt Bruno Bettelheim in seiner Analyse der Fabel fest. "Die Geschichten vom Tierbräutigam weisen drei Hauptzüge auf. Erstens erfahren wir nicht, auf welche Weise und weshalb der Bräutigam in ein Tier verwandelt wurde, und das, obwohl die meisten anderen Märchen uns über solche Dinge aufzuklären pflegen. Zweitens hat eine Zauberin die Verwandlung vorgenommen, wird aber für ihre Untat nicht bestraft. Drittens veranlaßt der Vater die Heldin dazu, das Tier zu heiraten, und sie tut es aus Liebe zum Vater oder aus Gehorsam gegen ihn." Wende man die Erkenntnisse der Tiefenpsychologie auf diese drei Aspekte des Märchens an, so erkenne man, daß, was auf den ersten Blick als schwerwiegender Mangel erscheine, eine subtile Bedeutung besitze: "Wir erfahren nicht, weshalb der Bräutigam gezwungen war, die Gestalt eines häßlichen Tieres anzunehmen, oder weshalb derjenige, der ihm dieses Leid zugefügt hat, nicht dafür bestraft wird. Das legt den Gedanken nahe, daß diese Verwandlung des 'natürlichen' oder schönen Äußeren in der unergründlichen Vergangenheit vor sich gegangen ist, als wir noch nicht erkennen konnten, weshalb etwas mit uns geschah, selbst wenn es die weitreichendsten Folgen hatte. Sollen wir annehmen, daß die Verdrängung der Sexualität so früh erfolgte, daß wir uns nicht daran erinnern können? Keiner von uns kann sich daran erinnern, in welchem Augenblick seines Lebens die Sexualität für ihn etwas Tierisches annahm, etwas, wovor man Angst haben, was man verstecken und scheuen mußte; meist wird sie sehr früh mit einem Tabu belegt." Nur die Heirat mache den Geschlechtsverkehr zu etwas Erlaubtem und aus etwas Tierischem zu einem vom Sakrament der Ehe geheiligten Band. "Es ist die Liebe und Hingabe der Heldin, die dem Tier seine menschliche Gestalt zurückgibt. Nur wenn sie dazu gelangt, es wirklich zu lieben, wird es wieder entzaubert. Damit das Mädchen seinen männlichen Partner vollkommen lieben kann, muß es fähig sein, seine frühere infantile Liebe zum Vater auf ihn zu übertragen. Sie ist dazu in der Lage, wenn dieser Vater, wenn auch zögernd, damit einverstanden ist - wie der Vater in 'La

Belle et la Bete', der zunächst nicht will, daß seine schöne Tochter zu dem Tier geht, um ihm das Leben zu retten, der sich dann aber überzeugen läßt, daß sie es doch tun sollte. Und das Mädchen kann diese ödipale Liebe zum Vater ganz frei und glücklich auf seinen Geliebten übertragen und sie dementsprechend verwandeln, indem es scheinbar - wenn auch in sublimierter Form - dem Vater eine verspätete Erfüllung seiner kindlichen Liebe zu ihm anbietet und gleichzeitig sich seiner reifen Liebe zu einem seinem Alter entsprechenden Partner hingibt." Die Schöne heirate das Tier nur aus Liebe zu ihrem Vater, aber in dem Maße, wie ihre Liebe reife, wechsle sie ihr Objekt, wenn auch - wie die Geschichte erzählt - nicht ohne Schwierigkeiten. "Am Ende gewinnen sowohl ihr Vater als auch ihr Gemahl durch ihre Liebe ihr Leben zurück. Wenn noch etwas zur Interpretation dieser Geschichte hinzuzufügen ist, so ist es das, daß die Schöne den Vater bittet, ihr eine Rose mitzubringen, und er sein Leben aufs Spiel setzt, um ihr diesen Wunsch zu erfüllen. Daß das Mädchen sich von seinem Vater eine Rose wünscht, daß er sie ihr gibt und sie die Blume in Empfang nimmt, zeigt im Bild, daß die Schöne ihren Vater und er sie immer noch liebt - es ist ein Symbol dafür, daß diese Liebe bei beiden noch lebendig ist. Und daß diese Liebe nie aufgehört hat zu blühen, ist der Grund dafür, daß sie sich so leicht auf das Tier übertragen läßt." [Kinder brauchen Märchen, a.a.O, S. 331ff.]

Nur der Verzicht auf die Ausschließlichkeit der kindlichen Tochter-Vater-Bindung ermögliche den Zuwachs auf dem Feld der reiferen seelischen Bindung, bemerkt auch Scherf in seinem wertvollen "Lexikon der Zaubermärchen": "Das aber heißt: eigentliches Erwachsensein. Das Mitspielen gerade dieser Rolle des zwischen ihrem Vater und dem

Geliebten stehenden Mädchens führt den Zuhörer oder Leser zum Durchleben und Erarbeiten einer elementar wichtigen Rolle in einer Hauptbeziehung der Menschen zueinander: der partnerschaftlichen Liebe. Erstaunlich, wie zielsicher die französische Erzieherin (gemeint ist Mme Le Prince) dieses Märchen ausgerechnet während der Aufklärungszeit einsetzte. Das Märchen von der Schönen, die erkennt, daß die Katastrophe des Partners auch ihre eigene ist, zeigt sich als Schulbeispiel für die im Zaubermärchen notwendige Abfolge der drei Stationen Tabuverletzung, Katastrophe, Wendung zur endgültigen Selbstfindung. Auf die Suchwanderung verzichtet die Erzählerin - die rasche Erkenntnis dessen, was notwendig ist, muß die unbewußte Verarbeitung auf einer Suchwanderung ersetzen. Wir sind in der Aufklärungszeit." [S. 342]

In der Konfrontation mit dem Unbekannten, Dunklen entstehe Angst, schreibt Friedrich Kocicka in seinem Buch "Das Magische in uns": "Diese Angst ist aber keine pathologische Angst, sondern eine zum Reifungsprozeß gehörige Angst; ich möchte sie 'positive Angst' nennen, da sie im Individuum zwingende Potenzen zu ihrer Befreiung mobilisiert, zur Auseinandersetzung zwingt, Neugierde entfacht, zu Mutproben und Spielen aufruft etc. Reflektorisch auftretende Fluchttendenzen werden durch die von innen drängende Appetenz (Suchen, Streben, Trieb) nicht zugelassen, und es stoßen somit zwei antinom wirkende Kräfte aufeinander. Mit dem Befreiungsstreben um jeden Preis gewinnt das Vorwärtsdrängende schließlich die Oberhand, und aus der primären Angst entsteht Lust-Angst. Im Raum des Magischen nenne ich diesen Zustand das 'Gruselstadium'. In der weiteren Entwicklung überwiegen die Lusttendenzen und führen schließlich zu einer Faszination gegenüber dem

Dunklen, Unbekannten, Fremden. Die psychische Dynamik der Faszination endlich ermöglicht den Durchbruch in einen neuen Lebensraum als das von der Natur vorgegebene Ziel. Der Mensch wird in jeder Reifephase seines Lebens immer wieder von neuem gezwungen, sich diesem gefahrvollen und mühseligen Prozeß zu unterziehen." [München 1984, S. 11] Später zitiert Kocicka ein Beispiel aus seiner psychologischen Praxis. Dabei beschrieb eine Patientin folgenden Traum: "Sie wanderte durch einen dichten Wald. Mit Erschrecken bemerkte sie plötzlich, daß ihr ein großer, auf allen Vieren trottender Bär folgte. In jenem Augenblick bot sich ihr eine Möglichkeit zu entkommen. Ein dicker Baumstamm lag quer über einem schäumenden, reißenden Gebirgsbach, und sie versuchte nun, auf allen Vieren über das glitschige Holz kriechend, das andere Ufer zu erreichen. Auf der Mitte des Stammes angelangt - der Bach toste in der Tiefe unter ihr - sah sie, daß der Bär ihr immer noch folgte. Mit letzter Kraft gelang es ihr, ans Ufer zu kommen. Doch kaum griff sie nach dem Waldboden, da war ihr der Bär bereits so nahe, daß er sie mit seiner Schnauze, die nunmehr der Schnauze eines Schweinchens ähnelte, berührte. - Dann erwachte die Patientin und staunte darüber, wie wenig Angst sie in diesem Traum empfunden hatte. Für sie unverständlich, meldete sich als erste Assoziation ihr Onkel Hugo, der jüngste Bruder ihrer Mutter. Dies befremdete sie umsomehr, als dieser Onkel weder etwas Bärenhaftes noch etwas Ängstigendes an sich hatte, sondern vielmehr ihr Lieblingsonkel gewesen war. Es fiel ihr ein, daß er es war, der ihr alle Wünsche auf dem Rummelplatz erfüllt hatte, bei dem sie auf jedem Karussell fahren durfte, so oft sie wollte, und der es erlaubt hatte, Leckereien in jeder Form zu genießen. Mit einem von ihm umgehängten Lebkuchenherz war sie durch das bunte Fest spaziert. Dann erinnerte sie sich an den

Bauernhof, auf dem sie mit ungefähr sieben Jahren die Ferien verbracht hatte, barfuß durch die Pfützen und den Schlamm gepatscht war und zusammen mit der Bäuerin die kleinen Ferkel füttern durfte. Auch ihre ersten Mutproben kamen ihr ins Gedächtnis, nämlich als ihr gleichaltriger Vetter ihr gezeigt hatte, wie man aus dem Bach Forellen fischt. Voller Spontanität sprudelte sie dies alles heraus, verstehend zwar nicht den kausalen Zusammenhang mit dem Bärentraum, konnte sich aber beim Verlassen der Stunde eines wissenden Schmunzelns nicht erwehren." [a.a.O., S. 77f.]

Was ihre tiefenpsychologische Bedeutung angeht, seien Märchen auch Ratgeber und Vor-Bilder für die verschiedenen Lebenslagen und Schwierigkeiten, schrieb Theodor Seifert in einem Vorwort [Das Wasser des Lebens. Zürich 1985. S. 9]:

"Wir können uns deshalb vertrauensvoll an ihnen orientieren, weil hinter ihnen nicht die persönliche Absicht eines bestimmten Autors steht, auch wenn die Darstellung der einzelnen Märchen natürlich von der jeweiligen Kultur mitgeprägt ist. Im Anschluß an die Forschungen Carl-Gustav Jungs hat sich aber heute die Auffassung durchgesetzt, daß die Märchen das widerspiegeln, was sich in der Seele des Menschen seit Urzeiten abspielt. Alles, was an persönlichen Besonderheiten bei einzelnen Menschen auffindbar ist, kann in diesem allgemein menschlichen Zusammenhang wiederentdeckt werden. Das Studium der Märchen und ihre Deutung [...] vermitteln deshalb diesen so wichtigen Zugang zum Menschlichen.

Märchen sind Bilder der Seele. Deshalb ist es beim Lesen eines Märchens zu empfehlen, nicht sofort allzu kritisch nachzudenken oder sich über Ungereimtheiten zu ärgern, weil sie 'in Wirklichkeit' unmöglich sind - zum Beispiel die Verwandlung eines Frosches in einen Prinzen im 'Froschkönig' -, sondern sich der Welt dieser Bilder erst einmal zu öffnen und sich ihrer Wirkung zu überlassen. Sie sprechen für sich, und sie reden auf eine andere Weise zu uns, als es die Sprache der Wissenschaft oder der Mathematik tut. Sie haben ihren eigenständigen Platz in unserer Welt, sie sind unersetzbar und unverzichtbar."

"Aber kennen wir diese Geschichten wirklich? Mit welchen Augen lesen wir sie, wenn wir sie bewußt lesen? Mit welchen Augen soll man sie lesen? Gibt es eine einzige Art, sie zu verstehen? Hat es noch Sinn für den erwachsenen Leser, in das 'buntere und leichtere Anderswo' (Bloch) einer mythischen und am Ende immer 'goldenen Zeit' einzutauchen und den Versprechungen von Glück zu lauschen? Sollen nur Kinder sie lesen? Sollen Kinder sie überhaupt lesen? Oder ist es gefährlich, ihnen die vielleicht zu grausamen, vielleicht zu illusionären Texte zu vermitteln?"

Es sei das Geheimnis dieser rätselvollen Texte, folgert Helmut Brackert, der Herausgeber des Bandes "Und wenn sie nicht gestorben sind . . . Perspektiven auf das Märchen" [Frankfurt am Main 1980. S. 7],

"daß sie mehr Fragen an uns stellen als sich Antworten finden lassen; daß sie sich uns immer wieder neu reizvoll vor Augen stellen und sich zugleich auch immer wieder entziehen; daß wir uns auf vielen verschiedenen Wegen der Märchenlandschaft nähern können und doch das ganze Panorama nie vor Augen haben.

Die so einfachen oder besser: so einfach scheinenden Texte sind schwer festlegbar auf eine einzige Weise der Deutung, sie machen im Gegenteil vielfältige Angebote; geben beim Versuch, sie zu verstehen, immer nur einen Teil ihres

Sinngehalts preis, und es fragt sich, ob es nicht gerade ihnen spezifisch eigen ist, daß sie - noch stärker als andere Texte - Identifikationsmuster darstellen, an denen der produktive Leser/Hörer seine Phantasie entfalten und zu denen er seinen eigenen Zugang finden kann."

Der Film hat sich häufig des Märchens von der Schönheit und dem Ungeheuer bedient. In den Anfangstagen der Kinematographie lieferte die französische Firma Pathé zwei Versionen von "La Belle et la Bete": eine 1899, eine weitere 1908. 1913 folgte die erste amerikanische Bearbeitung. Sie war von H.C. Matthews inszeniert worden, Elsie Albert spielte die Schöne, und die junge Universal-Filmgesellschaft, später für ihre Gruselfilme mit Chaney, Karloff und Lugosi berühmt, hatte den Vertrieb übernommen. Drei Jahre später lieferte Regisseur H.E. Hancock eine Version für Hearsts International Film Service. Diesmal wurde die Schöne von Mineta Timayo gespielt. 1934 präsentierte das Cartoonstudio der Warner Brothers eine kurze Zeichentrickversion. Und auch der im Jahr zuvor gestartete bedeutende Fantasy-Abenteuerfilm der RKO Radio Pictures, "King Kong", beschrieb die Liebe eines Riesengorillas (in einem amerikanischen Film muß selbstverständlich alles drei- bis viermal so groß sein) zu einer Menschenfrau (gespielt von Fay Wray). Bezeichnenderweise lautete der Arbeitstitel des "Kong"-Films "The Beast", aber anders als der verwunschene Prinz wird der starke Affenmann nicht zurückverwandelt und erlöst, sondern, nachdem es mit der Schönen aufs Empire State Building geklettert ist, von Jagdflugzeugen abgeschossen. Nein, es seien dennoch nicht die Flugzeuge gewesen, stellt ein Protagonist am Ende des Films fest: "It was beauty killed the beast." Producer

Merian C. Cooper hatte dem Film ein (an Samson und Delila gemahnendes) Motto vorangestellt: "Und siehe! Das Untier erblickte das Antlitz der Schönheit, und seine Hände ließen ab vom Töten. Und von diesem Tag an war es dem Tod geweiht." Georg Seeßlen in seiner Untersuchung des Films: Der Riesenaffe Kong sei zunächst ein Stück Natur, das vom Menschen vergewaltigt werde. Erst durch seine Denaturierung werde Kong zum Ungeheuer und sei schließlich nur verschmähter Liebhaber, der Wilde, der die Formen und die Sprache nicht kenne, seine Bedürfnisse zu artikulieren, und der am Ende seiner Leidenschaft zum Opfer falle. Kong könne mit der Frau, die ihm ausgeliefert sei, "nichts anfangen"; es verschiebe sich daher gegen seinen Willen die Beziehung ins Sadistische und müsse zwangsläufig in der Zerstörung enden. [Kino des Phantastischen, Reinbek bei Hamburg 1980, S. 71]

"La Belle et la Bete, das Märchen von der Schönen und dem Tier, das noch schwüle Erinnerungen an triviale Museumsstücke und alte Bilderbücher weckt, in denen dieses erotische Motiv durch alle symbolisierenden und mythologisierenden Verkleidungen hindurchschimmerte, setzt sich ins Kino fort, wird dort kopiert, variiert, mit zusätzlichen Figuren besetzt", schreibt Jürgen Menningen in seinem "Filmbuch Science Fiction" [Köln 1975. S. 43] "Science Fiction greift sich noch einmal die behaarten Affenmenschen und andere Monstrositäten von Jahrmarkt und Zirkus, um sie die Rolle von Schreckgespenstern spielen zu lassen. Die Attacken dieser Archetypen erotischer Bedrängnis auf ihre schönen Opfer wirken auf den Betrachter von heute weniger boshaft und pervers als komisch, auch wenn hier das Schöne und das Häßliche gleichsam synchron zur ethischen Dimension von Gut und Böse gezeigt wird. Das phantastisch Angestaubte dieser Filme, an dem sich die Zuschauer ergötzen, verrät auch Finsteres: Was gegen die natürliche oder auch soziale Norm ist, vom biologisch Unnormalen bis zum extremen Kranken, wird in die Schattenzonen der Instinkte und Verbote verdrängt, aus dem sie dann wieder mit destruktiver Macht hervorbrechen. Science Fiction sichert hier ab gegen das Wilde und Haarige . . ."

Ähnlich funktionierten auch einige weitere Gruselgestalten des amerikanischen Kinos: "The Wolf Man", 1941 von dem deutschen Emigranten Curt Siodmak ersonnen, wird nicht durch die Liebe einer sündenreinen Frau erlöst, sondern allein eine Silberkugel (oder ein Silberknauf) hebt den Fluch auf, der auf ihm lastet. Einer dieser Filme wurde so populär, daß ihn sogar Marilyn Monroe in einem anderen Kinostück zitierte. "Also ich fand den Film herrlich. Aber zum Schluß hat mir das Ungeheuer leid getan. Zu traurig . . . Der Unmensch sah ziemlich grauenhaft aus. Aber er war nicht durch und durch böse. Er sehnte sich wohl nur nach etwas Zärtlichkeit. Er war so einsam und suchte nur ein Wesen, das ihm endlich etwas Liebe schenkt." Schöner als in Billy Wilders "Das verflixte 7. Jahr" kann man die Botschaft von Jack Arnolds "Creature from the Black Lagoon" nicht formulieren. Unvergessen ist eine Unterwassersequenz, die den Kiemenmenschen, jenen "Schrecken vom Amazonas", und die Schauspielerin Julie Adams involviert: "Der Körper der Frau im weißen Badeanzug, die in der Lagune eine Art Wasserballett tanzt, ihre kräftigen, anmutigen Bewegungen ziehen ziehen die Aufmerksamkeit des unbekannten Wesens auf sich, das sich sofort in sie verliebt. Als unsichtbarer Partner schwimmt es wenige Meter unter ihr, paßt sich ihrem Tempo und Rhythmus an, verharrt schließlich in bewunderndem Staunen, als sie einige Überschläge nach hinten macht. Dreimal versucht es, ganz zart ihr Bein zu berühren, das sie senkrecht nach unten streckt; leicht irritiert taucht die Biologin hinab, um nachzusehen. Wie ein schüchterner Verehrer flieht das Monster, um sich hinter Wasserpflanzen zu verbergen. Sein schuppiger Rumpf, der Kopf mit den großen, schwarzen Augenhöhlen und dem breiten Maul erinnern an eine große Eidechse; die vier Gliedmaßen, die Bewegungen und der aufrechte Gang an Land geben ihm Menschengestalt: ein Kiemen m a n n . [Daniela Sannwald in: Hollywood Professional. Jack Arnold und seine Filme. Stuttgart 1993. S. 130] Es ist nicht von der Hand zu weisen, daß "Creature from the Black Lagoon" manches mit dem Grimmschen Märchen vom Eisenhans gemeinsam hat: "Der Jäger begab sich also mit seinem Hund in den Wald. Es dauerte nicht lange, so geriet der Hund einem Wild auf die Fährte und wollte hinter ihm her: kaum aber war er ein paar Schritte gelaufen, so stand er vor einem tiefen Pfuhl, konnte nicht weiter, und ein nackter Arm streckte sich aus dem Wasser, packte ihn und zog ihn hinab. Als der Jäger das sah, ging er zurück und holte drei Männer, die mußten mit Eimern kommen und das Wasser ausschöpfen. Als sie auf den Grund sehen konnten, so lag da ein wilder Mann, der braun war wie rostiges Eisen und dem die Haare über das Gesicht bis zu den Knien herabhingen. Sie banden ihn mit Stricken und führten in fort . . ." Späteren, ähnlich gelagerten Versuchen - denken wir nur an die utopische "Alien"-Serie mit ihren vordergründigen sadomasochistischen Konnotationen - fehlt natürlich jene poetische Kraft.

Aber das auch künstlerisch erhabenste, wegweisendste Werk war das auf dem Originalmärchen basierende, das Jean Cocteau (1889 - 1963) kurz nach dem Ende des Zweiten Weltkriegs, 1945-46, mit seinem Freund, dem Schauspieler

Jean Marais, als Biest und mit Josette Day als Bella in Frankreich realisierte. Inhaltsangabe laut Verleih:

"Es war einmal ein reicher Handelsmann, der lebte mit drei Töchtern: Felicitas, Adelheid - eitle, selbstsüchtige Geschöpfe -, der reizenden Bella und seinem Sohn Ludwig.

Bella mußte ihre Schwestern bedienen und die harten Hausarbeiten verrichten. Die Werbung Avenants - ein Freund ihres Bruders - wies sie zurück, um ihren alten Vater nicht verlassen zu müssen. - Die Ankunft eines mit Ungeduld erwarteten Kauffahrteischiffes wurde gemeldet und der Vater eilte zum Hafen. Bei seinem Aufbruch wünschten sich die älteren Töchter kostbaren Schmuck und schöne Kleider, Bella jedoch eine Rose.

Auf dem Heimweg verirrte sich der Vater in nebliger Walddämmerung und stand plötzlich vor einem unheimlichen Schloß, das er nur zögernd betrat. Die Türen öffneten und schlossen sich von selbst, die Kerzenkandelaber - von lebenden Menschenarmen gehalten - brannten plötzlich hellauf, steinerne Statuen wurden lebendig. Eine Hand bediente den vor Müdigkeit an einen Tisch gesunkenen Reisenden. Doch er entfloh aus dem gespenstischen Schloß wieder und verlor sich im wild verwucherten Garten, wo er auch die Rose für Bella pflückte.

In diesem Augenblick stand ein schreckliches Ungeheuer vor ihm. Eine hohe, kostbar gekleidete Menschengestalt mit dem Kopf einer Bestie und den Pranken eines Löwen verkündete ihm: 'Du mußt sterben, denn du hast meine Rose gebrochen. Es sei denn, eine deiner Töchter würde für dich den Tod erleiden."

Ein Wunderroß trug den Kaufherrn eilends nach Hause. Noch bevor die ihm gestellte Frist ablief, entfloh Bella auf dem Wunderroß, um das Leben ihres Vaters zu retten. Im Schloß des Ungeheuers erlebte sie nicht das erwartete

Schicksal. Das Untier war von ihrer Schönheit überwältigt und überschüttete sie mit Pracht und Reichtümern. Bella fühlte sich abgestoßen von seiner Häßlichkeit und gerührt von seiner Anhänglichkeit. Jeden Abend um die gleiche Zeit erschien das Ungeheuer und fragte: 'Bella, willst du meine Frau werden?'

Und jedesmal antwortete sie schaudernd: 'Nein!'

Eines Tages durfte Bella aber doch zu einem kurzen Besuch nach Hause, denn ihr Vater war todkrank in einem Zauberspiegel erschienen. Mit Hilfe eines Zauberhandschuhs gelangte sie in Gedankenschnelle zu ihrem Vater, um ihm zur Genesung zu verhelfen. Ihre kostbaren Kleider und ihr reicher Schmuck erregten den Neid ihrer Schwestern, die ihr den goldenen Schlüssel zum Schatztempel entwandten. Ludwig und Avenant eilten zum gespenstischen Schloß, um den gefährlichen Plan der bösen Schwestern auszuführen, das Ungeheuer zu töten und seine Schätze zu rauben. Beim Einbruch in den Schatztempel wurde Avenant jedoch durch einen Pfeil getötet, und sein Antlitz verwandelte sich in die Maske des Ungeheuers. Zur gleichen Zeit fand Bella das Ungeheuer sterbend am Rande des Schloßteiches. Unter ihrem liebenden Blick verwandelte es sich in einen schönen Märchenprinzen. - Gelöst war der Zauber, der auf dem Ungeheuer lag.

Bella zog mit ihrem Märchenprinzen in sein Königreich, wo sie auch ihren Vater wiederfand, und ihre eitlen Schwestern mußten ihre Schleppe tragen."

Französischer Esprit und eine eingeborene optische Phantasie hätten in Cocteaus Fall eine Bilderfolge zustandegebracht - lobte die Filmbewertungsstelle Wiesbaden, die dem Film am 9. Juli 1959 das höchste Prädikat "besonders wertvoll" verlieh -, für deren poetische Faszination und gestalterische Intensität es nur wenige gleichrangige Beispiele in der Filmliteratur gebe: "Daß der Film bis auf den heutigen Tag seine bannende Wirkung behalten hat, liegt wohl darin begründet, daß ihn über alle stilistischen Entwicklungen hinweg eines auszeichnet: die Souveränität einer an die Höhepunkte des Stummfilms gemahnenden Bildsprache. Die großen Übergänge zwischen realistischen und surrealen Partien, der Gehalt an geistiger Spannung und nachvollziehbarer Symbolik und schließlich der Umstand, daß die schöne Grausamkeit des Märchens eine überzeugende Ausformung findet, heben den Film weit über das Übliche hinaus. All dies zeigt erneut, daß ein Filmwerk mehr sein kann als die Summe aus handwerklichem Können und technischer Erfahrung. Ein Film von so makelloser künstlerischer Geschlossenheit verdient das höchste Prädikat mit Recht."

Aus einer Filmbesprechung des Jugendfilmrings Bonn:

"Cocteau geht es weder darum, dieses Märchen des 18. Jahrhunderts zu verfilmen, noch es 'neu zu gestalten'. Es ist vielmehr eine Gelegenheit für ihn, seine 'Traumwelt', jenen 'Halbschatten, in dem die Rätsel blühen', der Umwelt vor Augen zu führen.

Was man von dieser Traumwelt auch halten mag - in diesem Film ist sie hinreißend gestaltet, hauptsächlich in den Szenen im Schloß der 'Bete', die auf ihre Art den Jenseits-Szenen von 'Orphée' durchaus ebenbürtig sind. (Leider ging der Effekt dieser Szenen teilweise durch die schreckliche Synchronisation verloren, die u.a. das französische 'belle' in das wesentlich pathetischere italienische 'bella' umänderte, das in diesem Fall - in einem niederländischen Schloß! - völlig fehl am Platze ist und dementsprechende Lacherfolge hervorrief.)

In diesem Film ist es wie in allen anderen Filmen von Cocteau: Kamera, Musik, Dekorationen und Schauspieler sind der Konzeption Cocteaus, die sich auch auf die kleinsten Details auswirkt, streng untergeordnet, sie führen also kein 'Eigenleben', wie das in vielen amerikanischen Filmen der Fall ist. Daraus erklärt sich die geschlossene Gesamtwirkung des Films, dadurch wird es möglich, daß die vielen brillanten Einzelszenen und -sequenzen nicht die traumhafte Wirkung des Films, diese 'dreamlike quality', wie Basil Wright sagt, die allen Filmen Cocteaus anhaftet, zerstören.

Was einen jedoch am meisten in diesem Film beeindruckt, ist die großartige schauspielerische Leistung Jean Marais' in der Maske des Tieres. Cocteau sagt darüber in 'Gespräche über den Film': 'Unser einziges Drama in 'La Belle et la Bete' war die schreckliche Aufmachung von Jean Marais, die fünf Stunden dauerte und aus der er wie aus einer chirurgischen Operation hervorging. Laurence Olivier erklärte mir eines Tages, er hätte niemals die Kraft gehabt, eine solche Marter zu ertragen. Ich kann nur bestätigen, daß man schon von seinem Metier besessen sein muß - und von der Liebe, die Marais für seinen Hund hatte -, um sich so hartnäckig Mühe zu geben, von der menschlichen Rasse zur tierischen Rasse hinüberzuwechseln. Unsere Richter setzten die Genieleistung des Schauspielers auf das Konto einer Maske. Doch es gab keine Maske, und um die Rolle des Tieres leben zu können, machte Marais in seiner Lage fürchterliche Phasen durch, wie sie Dr. Jekyll dazu führten, Mr. Hyde zu werden.'"

In seiner Autobiographie "Spiegel meiner Erinnerung" [München 1975] beschrieb Marais die Leiden des jungen Jean wie folgt: "Für das Ungeheuer hatte ich mir einen Hirschkopf vorgestellt. Ich dachte nur an schöne Wälder. (Ausstatter Christian) Bérard machte mir klar, daß es kein pflanzenfressendes, sondern ein fleischfressendes Tier sein müßte. Auch ein noch so prächtiges Hirschgeweih würde das Publikum nur zum Lachen reizen. Unser Tier mußte etwas Erschreckendes haben. Er hatte recht . . . Das Schminken dauerte bei mir fünf Stunden - drei fürs Gesicht, eine für jede Hand. Wie eine Perücke war meine Maske gearbeitet, Haar für Haar auf Tüll genäht und aus drei Teilen bestehend, die aneinandergeklebt wurden. Meine Zähne wurden teilweise mit schwarzem Lack optisch zugespitzt, und auf die Eckzähne kamen von Goldklammern festgehaltene Hauer. Dieses fleischfressende Tier aß nur Pürees und Kompotte, und zwar an Labédyères Tafel; die Schloßherren hatten uns schließlich doch noch ihren Park zur Verfügung gestellt. Entgeistert starrten die Kinder auf dieses seltsame Wesen, das mit ihnen zu Mittag aß. Aus Angst, meine Maske zu beschädigen, sprach ich wenig und bemühte mich, die Lippen möglichst nicht zu bewegen - Resultat: Man verstand nicht, was ich sagen wollte, und Marais hatte schlechte Laune . . ."

Die im besten Sinne des Wortes 'perfektionierte' und manchmal fast 'veristische' Darstellung der 'Bete' bringe allerdings eine wesentliche Gefahr mit sich, resümierten die Bonner: "sie droht den Rahmen des Barock-Märchens dauernd zu sprengen. Dieser Gefahr ist der Film stellenweise nicht entgangen, denn in den dramatischen Szenen paßt die 'Bete' bedeutend besser in Kafkas 'Welt der Angst' als in M. Cocteaus Traumwelt (was sich jedoch nicht auszuschließen scheint).

Weiterhin wurde oft die weitgehende Angleichung an den Barock-Stil als störend empfunden. Sicherlich werden einige Szenen (die 'rauchenden' Statuen, die 'Leuchterszene') für denjenigen, dessen Kunstempfinden nicht auf den Barock abgestimmt ist, überladen und daher störend [wirken], jedoch ist der größte Teil des Films mehr in der Art der niederländischen Malerei (vor allem in der Art Vermeer van Delfts, auf den ganz bewußt hingearbeitet worden ist) gehalten, in die sich die wenigen 'barocken Entgleisungen' erstaunlich gut einfügen.

Leider gilt dies nicht für das 'himmlische' Happy-End, das man kaum anders als 'barockes Schweben' bezeichnen kann (man findet in der Malerei der entsprechenden Zeit Bilder, die den letzten Szenen sehr ähnlich sind). Man muß diesen Schluß jedoch als ein Zugeständnis Cocteaus an die Produktionsfirma oder die Nachkriegszeit - vielleicht auch an beide - betrachten, denn, wie Dieter Krusche in Walter Hagemanns 'Filmstudien' sagt: 'Es scheint fast, als wenn Cocteaus Traumwelt ein glückliches Ende von vornherein ausschlösse."

Das Tier sei die andere Seite des Menschen, mit der er in einem dämonischen Reich gefangen sei, formulierte eine Gruppe von Schülern der Pariser Filmhochschule (I.D.H.E.C.): "Dort lebt der Mensch als eine Art geheiligtes Ungeheuer, das nur durch seine Leidensfähigkeit noch menschlich ist und das mit allen Mitteln versucht, sich aus seiner Hölle zu befreien. Die Schöne soll die Erlöserin sein. Avenant und das Tier lieben sie alle beide. Sie ist die Reinheit, die Schönheit, die Liebe. So finden wir in diesem Film einerseits die ewigen Themen der abendländischen Dichtung: den Mythos der reinen Liebe, die erlöst und die immer zum Tod führt (Tristan und Isolde), den Mythos vom Engel und vom Tier, die in jedem Menschen leben, den Mythos von der Kindheit und von der notwendigen und schrecklichen Einsamkeit des Dichters. Auf der anderen Seite finden wir hier Themen, die dem Dichter Cocteau besonders lieb sind: der Tod, der dasselbe Gesicht trägt wie die Liebe (Der Doppeladler) und eine gewisse dunkle Märchenwelt

(Dampf, dunkle Handschuhe, abgeschnittene Hände und Köpfe, schwarze Wände)."

Aber nicht alle fanden Cocteaus Film gut. Aus dem Protokoll der Arbeitsgemeinschaft Film der Landesbildstelle Berlin vom 7. Mai 1956:

"Über die bereits mehrfach diskutierte allgemeine Problematik des Märchenfilms hinaus sei hier zu fragen, wieweit es Cocteau gelungen sei, ein überzeugendes filmisches Kunstwerk zu gestalten und ob sich der Film für die Vorführung in Jugendfilmstunden eigne.

Die Meinungen der Anwesenden gehen zu beiden Fragen weit auseinander. Während die einen bereit sind, sich von der märchenhaften Stimmung tragen zu lassen und selbst einige der Unklarheiten der Handlung (Schlußszenen) und Mängel der Aufnahmetechnik (Unschärfen) sowie die sehr unzulängliche Synchronisation hinzunehmen, lehnen andere den Film als Ganzes ab. Die Schreckensszenerie des Zauberschlosses und die grauenerregende Gestalt des Ungeheuers erinnern einen Teilnehmer an alte Gruselfilme ("Frankenstein"). Vieles wirke geschmacklos und dermaßen abschreckend, daß der Film nur für Erwachsene mit guten Nerven in Frage kommen könne. (Das Untier auf Jagd - Das geschlagene Reh - Die Schloßszenerie.) Die Begleitmusik verstärke noch diesen Eindruck. Inhaltlich bleibe manches unklar (Schlußszenen), die Aufnahmen seien gelegentlich so unscharf, daß kaum etwas zu erkennen sei, geradezu lächerlich wirke die Schlußszene, die den erlösten Prinzen und seine Geliebte in die Lüfte entführt. [. . .] In der amtlichen Diskussion wenden sich einige Teilnehmer scharf gegen den Film und besonders gegen seine Vorführung in Jugendfilmstunden. Es wird daran erinnert, daß Streifen wie Disneys Schneewittchenfilm s. Zt. wegen vergleichsweise harmloser Schreckensszenen abgelehnt worden seien. Hier dagegen werde bewußt auf das Erschrecken des Zuschauers spekuliert. Keinesfalls dürfe ein derartig auf Schockwirkungen aufgebauter Film vor Jugendlichen der vorgeschlagenen Altersstufe laufen. Auch für ältere interessierte Jugendliche sollte der Film nur auf Anforderung zur Verfügung gestellt werden. Märchenfilme seien schon als solche problematisch, mindestens müsse man aber auf realistischer Darstellung bestehen. Der Film mystifiziere und verblüffe, er sei zwar eine artistische Leistung, aber kein echtes Kunstwerk, da ihm jede exakte Aussage fehle. Andere lassen den Film zwar als Kunstwerk gelten, empfinden ihn jedoch als skurril und extrem in seinen Mitteln. Darauf beruhe offenbar ein großer Teil seiner Wirkung. Hinzu kämen die Unklarkeiten des Inhalts, die nur Rätsel aufgeben, ohne sie zu lösen. Von dem ewigen Grau in Grau und der Unschärfe einzelner Szenen würden die Augen schmerzen." Trotzdem bejahten die Anwesenden gegen fünf Stimmen die Eignung des Filmes für die Vorführung in Jugendfilmstunden. Während eine starke Minderheit den Streifen erst für 16jährige vorsehen mochte, entschloß sich die Mehrheit für das 14. Lebensjahr als Altersgrenze. Es war eine pädagogische Diskussion, die in der kinematographischen Ära wesentlich größerer Halloween-Schrecken wie "Kettensägenmassaker", "Alien 1, 2, 3, 4", "Zombie" und "Tanz der Teufel" nur Unverständnis auslösen würde.

1961 produzierte Edward Small die erste große farbige Version des Märchens für den United-Artists-Verleih: In Hollywood entstand "Beauty and the Beast" unter der Regie von Edward L. Cahn, nach einem Drehbuch von George Bruce und Orville H. Hampton, mit Joyce Taylor und Mark Damon. Die Maske der Bestie entwickelte für diesen Film

Jack Pierce, der die bedeutenden Horrorfilmmasken der dreißiger und vierziger Jahre geschaffen hatte (Frankensteins Kreatur; Mumie; Wolfsmensch). In Deutschland wurde der Streifen unter dem Titel "Die Schönheit und das Ungeheuer" am 27. März 1962 von der Freiwilligen Selbstkontrolle freigegeben. Aus dem Prüfbericht der FSK:

"Im mittelalterlichen Italien lebte einmal eine schöne Prinzessin Altea mit ihrem Vater Roderick. Bei ihren Untertanen herrschte große Freude, als sie sich in ein fernes Nachbarland begaben, um die Heirat von Althea mit dem bezaubernden Prinzen Eduard zu besprechen. Der junge Prinz war einem alten Fluch zum Opfer gefallen. Von Sonnenuntergang bis Sonnenaufgang wurde er in ein Ungeheuer verwandelt. Sein Schicksal war bislang nur ihm und seinem treu ergebenen Diener Orsini bekannt.

Der ehrgeizige Bruder von Eduard, Prinz Bruno, und seine Frau, die Prinzessin Sybil, kamen hinter Eduards Geheimnis und drohten ihn zu verraten, falls er nicht freiwillig abdanke.

In den Gewölben des Schlosses fand Eduard eine Botschaft, daß sein Fluch durch die unbeirrbare Liebe einer Frau, die sich auch vor einem Ungeheuer nicht ängstige und zurückschrecke, gelöst werden könne. Inzwischen zettelte Prinz Bruno einen Aufstand gegen Eduard an, er wurde gefangengenommen und sollte auf einem Scheiterhaufen verbrannt werden. Prinzessin Althea bekennt sich in diesem Augenblick zu ihm und will mit ihm verbrannt werden, wenn sie ihn schon nicht heiraten kann. Durch dieses Liebesbekenntnis wird Eduard von seinem Fluch befreit. Der Film endet mit der glücklichen Hochzeit des Paares.

Vom Dialog und vom Bild her bestanden beim Ausschuß keinerlei Bedenken für die Freigabe ab 12 Jahren. Ein Teil der Mitglieder hielten den Film auch für Kinder ab 6 Jahren geeignet. Dagegen wurde aber eingewandt, daß die so realistische Darstellung des Ungeheuers auf der Leinwand zuviel erregende Momente für Kinder auslöse. Dieser Einwand konnte auch nicht durch den Hinweis, daß es sich doch hier um einen Märchenstoff handele, mit einem befreienden, glücklichen Ausgang für das Paar, entkräftet werden. Im Laufe der Diskussion wurde auch noch geltend gemacht, daß Kinder im Alter von 6 Jahren den grausamen Märchenstoffen gegenüber eine besondere Zuwendung haben, dagegen wurde wieder auf die realistische Darstellung auf der Leinwand verwiesen, während sich die Märchen in kindgemäßen Bildern im Fantasiebereich abspielen. Die Mehrzahl der Mitglieder entschloß sich nur für die Freigabe ab 12 Jahren."

Aus einer zeitgenössischen Rezension: "Weit entfernt von unserer Vorstellungswelt hat dieser Sagenstoff in der Aufbereitung durch den amerikanischen B- und Western-Regisseur E.L. Cahn die Form eines bunten Postkartenfilmchens angenommen. Es geht so edel wie trickreich zu - nur ist weder dies noch jenes irgendwo überzeugend. Zweifellos wendet ein solcher Film sich vorwiegend an jüngere Zuschauer. Aber Kinder unter 14 sollten wegen der schreckhaften Zutaten besser Verzicht üben." [Film-Dienst, 4. Juli 1962]

1974 wurde "Beauty and the Beast" zum erstenmal in England verfilmt: mit Trish Van Devere und George C. Scott (dessen Maske an ein Wildschwein erinnerte). Diese Fernsehfassung (Regie: Fielder Cook) unterschied sich inhaltlich kaum von dem Märchen der Mme Le Prince, sieht man einmal davon ab, daß zum Schluß explizit enthüllt wird, daß es die Gier seiner Eltern war, die nicht an die Liebe glaubten, welche den Fluch auf den jungen Prinzen luden und ihn in ein Tier verwandelten. (George C. Scott wurde in dieser Rolle für einen Emmy nominiert.) Zehn Jahre später, in Shelley DuVals "Fairy Tale Theatre", mühte sich Klaus Kinski in der Rolle der Bestie. Susan (Rocky Horror Picture Show) Sarandon war seine Belle. "Panna a Netvor" (Die Jungfrau und das Ungeheuer) war der Titel einer tschechischen Version, die 1978 ins Kino kam. Unter der Regie von Juraj Herz und nach einem Drehbuch von Frantisek Hrub'n und Ota Hofman spielten Zdena Studénková (die Schöne) und Vlastimil Harapes (die Bestie: hier halb Mensch, halb Raubvogel). Das tschechische Ungeheuer will die schlafende Unschuld anfangs sehr wohl töten, doch bei ihrem Anblick verliebt es sich auf der Stelle und läßt sich davon auch nicht durch die innere Stimme abschrecken, die warnend in seinem Kopf hämmert: "Wenn du sie nicht tötest, wirst du die Qualen deines Fluchs hundertfach erleiden." Regisseur Juraj Herz: "Die Menschen haben ständig jenes etwas elegante Märchen Jean Cocteaus in Erinnerung. Ich habe es jedoch in etwas rauherer und schrofferer Form gedreht. Der Sitz des Ungeheuers ist kein bequemes, komfortables Schloß, vorbereitet für eine Prinzessin. Das Ungeheuer, das hier lebt, ist wirklich ein Tier, das bloß eine menschliche Stimme, ein Gewissen hat und sich wie ein Mensch verliebt. Es nährt sich aber wie ein Raubtier von rohem Fleisch und Blut."

Die kassenstärkste Filmversion aber war zweifellos jene Zeichenfilmadaption von Gary Trousdale und Kirk Wise, die die Walt Disney Produktion 1991 fertigstellte und die auf einer Fassung des Märchens von Giovan Straparolo basierte, serviert mit einer Anzahl gefälliger Songs (von Alan Menken & Howard Ashman) und skurriler Figuren, Objekten, die im verwunschenen Schloß als verzauberte Dienerschaft des Biestes zum Leben erwachen: der Kerzenständer Lumière, die gutmütige Teekanne Madame Pottine, die höfliche Kaminuhr Monsieur von Unruh. Die Disney-Produktion wurde mit zwei Oscars ausgezeichnet: für die beste Original-Filmmusik und die besten Original-Songs. Parallel dazu entstand unter der Regie von David Thwaytes eine weitere Zeichentrickfassung, die aus der Schönen die Tochter eines Juweliers machte, welche nach einem Austauschgeschäft ihres Vaters in das Schloß des Ungeheuers zieht. Erwachsener zeigte sich da 1994 Mike Nichols' Kinoparabel "Wolf" mit Jack Nicholson und Michelle Pfeiffer in den Hauptrollen: Ein Verlagslektor bewältigt, von einem Wolf gebissen, seine Midlife-Crisis. Hier wird die Schöne sogar selbst zum wölfischen Wesen. Sehr populär war auch eine Fernsehserie, die den Mythos in die Gegenwart verlegte und das Biest (Ron Perlman) in die großstädtische Kanalisation. Die Maske des TV-Beast schuf Monster Maker (und Oscarpreisträger) Rick Baker, und Linda Hamilton spielte Beauty.

Dazwischen entstand 1986, im Rahmen eines Pakets mehrerer Märchenfilme, die in diesem Buch nacherzählte Version, von Menahem Golan und Yoram Globus, den Chefs der Cannon-Produktion, in Israel und England produziert. In den Hauptrollen waren John Savage als verwunschener Prinz, die ausgezeichnete Rebecca ("One from the Heart") De Mornay als Schöne und Yossi Graber als ihr Vater zu sehen. Die Geschwister wurden gespielt von Joseph Bee (Oliver), Jack Messinger (Frederick), Ruth Harlap (Isabelle) und Carmela Marner (Bettina). Die im von Carole Lucia Satrina verfaßten Drehbuch vorgesehene (und in der Nacherzählung erhalten gebliebene) Rolle des kleinen Bruders Peter wurde in der Inszenierung gestrichen. Regie führte Eugene Marner. Die Songs schrieb Lori McKelvey, für die Maske des Ungeheuers zeichneten Mony Monsano und Jon Price verantwortlich.

* * *